둔한 머리가 총명한 머리를 이긴다

메모는 제2의 두뇌이다

둔한 머리가 총명한 머리를 이긴다

초판인쇄	2020년 02월 20일
초판발행	2020년 02월 27일

지은이	김연진
발행인	조현수
펴낸곳	도서출판 더로드
마케팅	이동호
IT 마케팅	신성웅
디자인 디렉터	오종국 Design CREO

ADD	경기도 고양시 일산동구 백석2동 1301-2
	넥스빌오피스텔 704호
전화	031-925-5366~7
팩스	031-925-5368
이메일	provence70@naver.com
등록번호	제2015-000135호
등록	2015년 06월 18일
ISBN	979-11-6338-057-3 03810

정가 15,000원

둔한 머리가 총명한 머리를 이긴다

메모는 제2의 두뇌이다

김연진 지음

도서출판 **더 로드**
The Road Books

"메모는 평범한 삶을 비범하게 만든다"

손으로 글을 쓰고 메모를 한다는 것은 귀찮은 일이다. 나 역시 그랬다. 남들 놀 때 놀고 싶고, 남들 잘 때 같이 자고 싶은 지극히 평범한 사람 중에 한 명이었다.

교도관으로 취업을 했다. 하지만 늘 실수의 연속이었다. 일과 관계가 내 마음처럼 쉽게 되지 않았다. 어느 날 기억만 잘 해도 무슨 일이든 쉽게 풀어갈 수 있을 거 같다는 생각이 들었다. 특히 교도관은 잘 기억해야 하는 직업 중에 하나였기 때문이다. 기억력이 좋지 않던 나는, 메모와 기록을 하기 시작했다. 글로 써놓고 보면 아무래도 더 잘 기억할 수 있을 거 같았다.

조그만 다이어리를 하나 사서 내게 일어나는 모든 일들을 적기 시작했다. 확실히 기억을 되새김질 할 수 있었다. 그리고 그 기억을 바탕으로 내가 해야 할 일들을 해나갔다. 일이 서툴 수는 있어도, 체크한 부분들은 빠짐없이 할 수 있었다.

메모와 기록을 한 지도 벌써 약10년이 되었다. 10년이면 강산도 변한다고 하지 않았던가. 10년 전의 내 모습과 10년 후의 지금 내 모습은 확연히 다르다. 주위사람들은 내 말에 귀를 기울이기 시작했다. 내가 한 일에 인정도 해주었다. 평범한 나도 뭐든 할 수 있을 거 같은 자신감이 생겼다. 그때서야 메모과 기록은 모든 사람에게 꼭 필요하다는 것을 알게 되었다.

메모와 기록을 예전 방식의 올드한 것으로 생각하는 사람들이 많은 거 같다. 전혀 아니다. 오히려 시대가 발달할수록 현대인들에게 꼭 필요한 것이 메모이고, 기록이다. 빠르게 변화하는 이 시대에 우리는 놓치고 사는 것이 많다. 잊고 사는 것이 훨씬 더 많아졌다. 거기서 아픔이 오고, 불행도 온다. 그래서 우리는 적어야 한다. 핸드폰이든 테블릿PC든 종이이든 손바닥이든 상관없다. 그 어디든 적어야 우리는 편하게 발 뻗고 잠을 잘 수가 있다.
　　나만 볼 수 있게 조금씩 해왔던 메모습관이 책이 되어 세상 밖으로 나왔다. 이 책을 통하여 많은 사람들에게 메모와 기록의 중요성을 알려줄 수 있어 너무 기쁘다. 평범한 메모와 기록이 어떻게 나의 삶을 바꾸었고, 또 당신의 삶 또한 바꿀 것을 확신하며 부푼 기대감으로 썼다. 이것이 내가 세상에게 줄 수 있는 최선이다.

인생은 기억력 싸움이다. 확실하다. 우리는 어제의 기억으로 오늘을 산다. 그리고 오늘의 기억으로 내일을 산다. 기억만 잘 하면 잘 살 수 있다는 이 진리를 메모와 기록을 통해 알게 되었다.

힘들게 두 아이를 육아하면서 책 쓰라고 카페와 도서관에 적극 보내준 아내와, 책 쓰러 가는지도 모르고 아빠는 왜 이렇게 회사를 자주 가냐는 네 살배기 딸과, 집에만 오면 똥 기저귀를 차고 환한 미소로 나를 반겨주었던 두 살짜리 아들과, 물심양면으로 도와주신 양가 부모님에게 진심으로 감사하고 사랑한다는 말을 전하고 싶다. 그리고 나의 메모습관에 깊은 관심을 보여주시고 계약하자고 하신 더로드 대표님에게도 깊은 감사의 말씀을 전하고 싶다.

나의 작은 메모습관까지도 사용해주시는 하늘아버지께 진심으로 감사드린다.

2020년 1월

하남시 디지털 도서관 83번 좌석에서, 저자 **김연진**

둔한 머리가 총명한 머리를 이긴다

66

'인생은 기억력 싸움' 이다.
잘 기억 하고, 잘 잊어버리지 않는 사람이
모든 분야에서 성공하고 뛰어날 수밖에
없다는 결론을 맺게 되었다.

99

| **차례** | C o n t e n t s

제2장
기록은 행동을 지배한다

제3장

인생을 바꾸는 가장 쉬운 습관

————

제4장

쉽게 잊히지 않는 7가지 메모 스킬

제5장
매일 모으는 성공의 조각

제 1 장

적자생존,
적는 자가 살아남는다

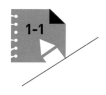

나의 수첩에 적혀있는 것들

"아! 귀찮아!, 다음에 할래!"
"맞다! 내가 깜박하고 있었네!"
"처음 듣는 말인데요?"
"죄송해요! 전혀 기억이 나지 않아요!"

　　　나는 원래 메모를 잘 하던 사람이 아니었다. 집중력도
약하고, 의지도 약했다. 당연히 공부를 잘할 리가 없었다. 또 상대방
이 이야기하면 머릿속은 다른 생각을 할 때가 많았다. 주특기였다.
눈은 응시하고 있지만, 머릿속은 그 상황을 외면하고 있었다. 뭐가
어디서부터 잘못되었는지 알 수 없었다.

30세에 교도관이 되었다. 교도관이 되니 수용자를 상대해야 했다. 수용자를 대상으로 근무하는 것은 생각보다 쉽지 않았다. 몇몇 수용자들은 직원들을 이용해 자신의 욕구를 채우려고 했다. 자신이 잘못해놓고도 발뺌을 잘했다. 증거를 내놓으라는 말도 심심치 않게 했다. 대책이 필요했다. 업무적으로 수용자들에게 끌려가지 않고 근무를 하려면, 분명한 증거를 가지고 있어야 했다. 기록을 하기 시작했다.

특별한 이슈가 있거나 수용자가 특수한 행동을 보이면 다이어리에 고스란히 다 적었다. 날짜를 적고, 시간을 적고, 육하원칙에 맞게 작성했다. 어쩔 수 없었다. 교도소 안에서 하루를 무사히 보내려면 이 방법밖에 없었다.

"글쎄, 잘 기억이 안 나네."

직원들에게서 이런 말이 들릴 때면 나의 다이어리를 열어 말해주었다.

"4월 3일, 오전 9시쯤 OOO 수용자가 갔었잖아요."

직원들은 무릎을 치며 좋아했다. 머릿속이 간질간질할 때, 누군가 가려운 곳을 긁어주는 것만큼 기쁜 일도 없다. 내게 기억력이 좋다고 했다. 아니다. 나의 기록이 빛을 발하는 순간이었다.

다이어리에 업무 내용 외에도 내 삶에 일어나는 모든 것을 구구절절 적기 시작했다. 월급을 받았을 때, 돈을 지출할 때, 누군가와 미팅을 했을 때, 책을 읽다가 좋은 글귀를 만났을 때. 닥치는 대로 다 적었다. 누가 시킨다고 할 수 있는 일은 아니었다.

기록은 생각보다 재밌었다. 성취감도 컸다. 그동안 알지 못했던 묘한 매력이 있었다. 인생은 기억력 싸움이었다. 늦게 깨달았다. 주위를 보면 많은 것을 기억하는 자가 어떤 분야에서도 앞장서고 있었다.

다산 정약용은 "메모가 있어야 기억이 복원된다. 습관처럼 적고 본능으로 기록하라. 머리를 믿지 말고 손을 믿어라."라고 했다. 기록은 기억을 기가 막히게 복원시켜주는 역할을 했다. 놀라웠다. 기록한 것만 잘 가지고 있다면 절대 잊을 일이 없었다.

사람들의 기억력은 대부분 거기서 거기다. 특별히 뛰어난 사람도 특별히 떨어지는 사람도 없다. 인생의 차이는 바로 기록에 있었다. 내가 기억을 잘 못 했던 것은 기록을 하지 않은 데 있었다. 기록을 하니 내 삶이 한 단계, 아니 열 단계는 업그레이드된 느낌이었다. 자신감이 생겼다. 말과 행동에도 힘이 실리기 시작했다.

결혼하고 나니 혼자 자유롭게 사용하던 돈을 아내와 함께 사용해야 하는 일이 발생했다. 지출도 두 배 이상 많아졌다. 사야 할 것도

둔한 머리가 총명한 머리를 이긴다

많고, 챙겨야 할 것도 많고, 내야 할 것도 많았다. 나름대로 절약이 몸에 배어있던 나였다. 결혼 후 닥치는 대로 살다 보니 통장이 마이너스가 되었다. 작지 않은 충격이었다.

아내는 내게 말했다.

"여보! 우리 이렇게 살다가는 마이너스 인생이 되겠어요."

나는 한숨을 쉬며 말했다.

"그럼 어떡해요. 다 나가야 하는 돈인데…"

고민하고 고민하다 우리는 그 이후로 가계부를 써보기로 했다. 수입은 이미 고정되어있었다. 쓸데없이 나가는 지출을 줄이고 막아보기로 했다. 내가 월급을 받아온 날이면 우리 부부는 가계부를 펼치고 바닥에 앉았다. 이번 달에 지출된 돈과, 다음 달에 지출할 돈을 적으며 계획을 세웠다. 가계부를 적다 보니 줄여야 할 부분들이 눈에 보이기 시작했다. 물론 계획한 것처럼 완벽하게 살아지지는 않았다. 하지만 어느 정도는 맞춰 살 수 있었다. 가계부도 습관이 되니 일상으로 자리 잡게 되었다.

나와 사무실에서 함께 근무하는 P 직원은 늘 분주하다. 책상에 앉으면 일은 열심히 하는 것 같은데, 짜증 섞인 말투로 혼자 이야기할 때가 많았다.

"아… 내가 분명히 서류를 여기에 뒀는데…"

"아까 업체에서 뭐라고 했더라?"

"어제 분명히 한 거 같은데, 어디로 갔지?"

듣고만 있어도 가슴이 쿵쾅거렸다. 나까지 초조한 마음이 들었다. 나는 내가 쓰고 있는 메모지를 그 직원에게 내밀었다. 메모지를 활용해보라고 권했다. 누군가에게는 아무것도 아닌 종이에 불과하지만, 내게는 1등 당첨 복권과도 같은 선물이었다.

P 직원은 내가 가르쳐준 방법대로 메모를 하기 시작했다. 메모하는 행위 자체를 촌스럽게 여겼던 그는, 조금씩 여유를 갖게 되었다. 짜증을 내기보다 오히려 즐겁게 일하는 모습을 볼 수 있었다.

업무 다이어리로 시작되어 가정에까지 메모가 확산되었다. 어디서든 메모는 꼭 필요한 도구이고, 좋은 습관 중에 하나라는 생각이 들었다. 남에게도 도움을 줄 수 있으니 말이다.

지금의 나는 일상을 메모로 시작해서 메모로 끝난다 해도 과언이 아니다. 이제 메모가 없으면 수염을 안 자른 것처럼 하루가 꺼림칙하다. 펜을 들고 있지 않으면 아무것도 안 하고 멍하게 있는 기분이다. '메모를 하지 않고 그동안 어떻게 살았을까?' 하는 생각이 들 정도다.

메모하면 여유가 생긴다. 내가 걸어온 길을 볼 수 있고, 내가 가야 할 길을 볼 수 있기 때문이다. 나만의 메모습관을 몸에 완벽하게 장착한다면 업무뿐만이 아니라, 하루하루를 행복하고 기쁘게 살 수 있다.

물론 나도 메모를 한다는 자체가 쉬운 일은 아니다. 종이와 펜을 가지고 다닌다는 것도 번거롭다. 남의 눈도 신경이 쓰인다. 유난 떠는 것처럼 보일 수도 있다. 하지만 나는 메모를 통해 수많은 일을 한다. 일을 하는 정도가 아니다. 능률도 좋아지고 없던 꿈도 생기고 있다. 사람들에게 이미지도 좋다. 메모의 맛을 알게 되면 그 무엇과도 바꾸고 싶지 않은 최고의 가치로 여기게 될 것이다.

미국 라디오 진행자 버나드 멜처는 "용서할 때 과거는 바꿀 수 없지만, 미래는 확실히 바꿀 수 있다."라고 했다. 메모한다고 해서 지나온 과거가 바뀌지 않는다. 하지만 미래는 확실히 바꿀 수 있다고 단언하여 말할 수 있다.

나의 수첩에 적혀 있는 것들은 내게 값진 보물이다. 이 보물들로 나는 많은 것을 얻었다. 앞으로도 원하고 하고 싶은 일을 하며 살아갈 수 있을 것이라 믿는다.

당신도 수첩에 자신의 일상을 적으며 값진 보물을 캐라. 그 보물이 당신을 빛나게 해줄 것이다.

1-2

메모는 제2의 두뇌이다

아주 긴 시간을 '겁(劫)'이라 한다. 하늘의 선녀가 천년에 한 번 땅에 내려와, 집채만 한 바위를 옷깃으로 한 번 스치고 올라간다. 그렇게 해서 바위가 다 닳아 없어지는 데 걸리는 시간이 겁이다. 반면 아주 짧은 시간을 '찰나(刹那)'라고 한다. 산스크리트어에서 온 불교 용어다. 손가락 한 번 튕기는데 걸리는 시간이라고 한다. 어떤 계산법에 따르면 0.013초에 해당한다는 주장도 있다.

메모는 매우 짧은 시간에 이루어진다. 머릿속에 생각은 찰나처럼 들어왔다가 사라지기 때문이다. 쓸데없는 잡생각들이 나왔다 들어갈 때도 있지만, 좋은 아이디어와 생각들이 번개처럼 들어올 때가 있다. 그때 지나가는 생각을 잡을 수 있는 건 메모뿐이다.

나는 작곡을 한다. 음악을 좋아해 기타 치며 노래 만드는 것이 취미다. 무언가를 창작해 내는 일은 쉽지 않다. 특히 누군가에게 기쁨과 감동을 줄 수 있는 곡을 만드는 일은 가만히 앉아 있다고 되는 것은 아니다. 일을 하다가, 아니면 차를 타고 운전을 하면서 좋은 콘셉트와 아이디어가 생각날 때가 있다. 그럴 때마다 메모지에 기록해놓는다. 꼭 긴 문장이 아니더라도 단어 하나 써놓을 때도 있다. 노래는 어떤 단어가 들어가느냐에 따라 곡의 색깔이 완전히 바뀌게 된다. 좋은 단어를 만났을 때, 그것처럼 기쁜 일도 없다.

교회 장애인 공동체에서 작곡가로 활동하고 있다. 벌써 13년이나 되었다. 매년 여름 새로운 주제들로 성경학교를 한다. 그때마다 주제에 맞는 곡을 3곡 정도 만든다. 내가 만든 곡이 우리 교회에서만 사용되는 것은 아니다. 전국에 장애인 공동체가 있는 모든 교회에서 사용하고 있다.

이런 곡들을 만들어야 하기에 나에게는 메모가 매우 중요하다. 좋은 악상을 떠올리기 위해 등산을 한 적도 있고, 무작정 차를 타고 드라이브를 나간 적도 있다. 혼자 차를 마시기도 하고, 야밤에 동네 주변을 빙빙 돌기도 한다. 아이디어는 밖으로 나가야 잘 떠오른다. 많은 사물과 문자들이 뇌에 자극을 해주기 때문이다. 그러면 생각지 않은 아이디어가 떠오른다. 내 머릿속에 없었던 단어와 소재들이 밀려온다.

2018년 평창 동계올림픽이 성황리에 잘 마쳤다. 동계올림픽에서 많은 경기가 있었지만, 남자 500m 스피드 스케이팅 차민규 선수의 경기는 잊히지 않는다. 차민규 선수가 34.42초로 선두의 자리를 지키고 있었다. 16조로 나온 세계랭킹 1위 노르웨이 호바르 로렌첸(Havard Lorentzen)은 34.41초로 들어왔다. 차민규는 아쉽게 은메달을 목에 걸게 되었다. 서로의 차이는 0.01초의 차이였다. 간발의 차이로 금메달과 은메달로 나뉘게 된 것이다.

0.01초는 우리 인생에 큰 부분을 차지하고 있지 않다. 그러나 누군가에게는 인생 전체를 바꿀 정도로 큰 시간이기도 하다.

우리의 영감은 이렇게 빠른 속도로 온다. 이 시간을 낚아채는 방법이 메모이다. 메모 하나로 금메달의 인생을 살 수도 있고, 은메달의 인생을 살 수도 있다. 아니면 매달이 전혀 없는 인생을 살 수도 있다. 이처럼 메모는 중요하다. 머릿속을 떠도는 생각을 메모로 잡아내는 일은 그 어떤 것보다 가치가 있다.

미국의 한 대학에서 연구를 했다. 새로운 것을 한 번 본 사람은 2주 후에 그 내용을 불과 2%밖에 기억할 수 없다고 한다. 만약에 계속해서 6일 동안 같은 것을 본다면 2주 후에는 그것의 62%를 기억할 수 있다고 한다. 메모하는 것도 중요하지만, 기록한 메모를 보는 것은 더욱 중요하다. 우리 인간의 뇌는 계속해서 정보가 쌓일 때, 그 정보가 머릿속에 남게 된다.

인간의 뇌 무게는 1.4kg 라고 한다. 뇌의 무게는 작지만, 그 안에 담고 있는 기능과 역할들은 경이롭다. 아주 짧은 시간에 많은 정보가 오가기도 하고, 전혀 생각하지 않은 것들이 떠오르기도 한다. 또 어떤 정보가 들어오면 조금 후에 사라지지만, 계속해서 입력해주면 오래 기억된다. 오래 기억할 수 있는 방법은 메모가 답이다. 메모를 하고 그 메모를 계속해서 보는 것이 우리 뇌의 기억력을 높일 수 있는 유일한 길이다.

고대 그리스의 철학자 아리스토텔레스는 "우리가 반복적으로 행동하는 것은 우리 자신이다. 그렇다면 탁월함은 행동이 아닌 습관이다." 라고 했다. 행동이 있다는 건 반복된 배움의 증거가 있다는 말이다. 행동이 없다는 건 행동을 끌어낼 만큼 많이 반복하지 않았다는 말이기도 하다. 인간의 삶은 반복 된 배움의 증거다.

나는 교도소에서 근무 하고부터 대중교통을 탈 일이 거의 없다. 자가용으로 출퇴근을 하기 때문이다. 버스나 지하철은 큰마음을 먹어야만 탈 수 있다. 얼마 전 서울 신촌에 볼일이 있어 아내와 함께 오랜만에 지하철을 탔다. 타자마자 깜짝 놀랐다. 한 명도 빠짐없이 스마트폰만 보고 있었다. 아무리 스마트한 시대라지만, 옆에 동료가 있는데도 서로 간에 대화가 전혀 없었다.

　요즘은 손으로 문자를 입력하기보다, 키보드로 입력하는 경우가 대부분이다. 또 지금은 스마트폰이 대중화되어 있는 시대다 보니, 스마트폰 하나로 모든 것을 해결한다. 갈수록 손 글씨는 사라져간다. 조금만 더 지나면 연필이나 펜이 사라질지도 모르겠다.

　컴퓨터나 스마트폰으로 하는 기록도 중요하다. 안 하는 것보다 낫다. 하지만 뇌가 움직이지 않는다. 키보드 위의 문자와 모니터에 뜨는 문자가 물리적으로 분리되어 있다. 뇌는 들어온 정보와 컴퓨터 속 문자가 별개의 요소처럼 느껴지게 된다. 이렇게 기록하는 것은 메모가 아니라 작업에 더 가깝다. 반대로 손으로 메모를 하면 컴퓨터로 메모를 한 것보다 뇌에 더 부하가 많이 걸린다. 정보를 이해한 후, 구조를 만들어가며 내용을 정리하기 때문이다. 나중에 창의적인 사고로 전환될 수 있는 밑거름이 되기도 한다.

　《메모의 재발견》사이토 다카시는 "손이 멈췄다는 건 생각을 안 하는 것과 같다. 손으로 적으면 자신의 생각이 탄생한다. 디지털 메모는 빠르고 편하지만, 그 효과에서는 아날로그 메모를 따라오지 못한다."라고 했다.

손 메모는 우리가 생각하는 그 이상이다. 손으로 메모를 하면 뇌가 발달한다. 손으로 쓰면서 좋은 생각들을 만들어 낼 수 있다. 좋은 생각은 곧 좋은 행동을 끌어다 준다. 독서를 할 때도 손을 사용하면 기억에 더 오래 남는다. 눈으로 읽는 것보다 입으로 소리 내어 읽는 것이 좋고, 입으로 소리 내어 읽는 것보다 손으로 쓰면서 읽는 것이 더 좋다. 예전에 나는 눈으로만 읽는 독서를 했다. 노트에 중요한 문장들을 써가며 독서를 하니, 내용이 더 오래 남는 것을 경험했다.

손을 움직이면 해마와 대뇌피질이 원활하게 서로 정보를 나누도록 돕는다. 후두엽, 전두엽, 측두엽, 두정엽, 전전두엽까지 확장하고 움직이게 한다. 손을 많이 사용하는 악기를 배우면 머리가 좋아지는 이유가 여기에 있다. "손은 바깥으로 드러난 또 하나의 두뇌이다." 라고 칸트가 말했다. 손을 많이 사용해야 한다. 자신을 계발하고 성장하고 싶다면 손으로 하는 메모와 기록은 필수다.

독서를 많이 한 사람은 이길 수 없다. 하지만 읽기만 하는 사람은 쓰면서 읽는 사람을 절대 이길 수 없다. 인류 역사상 최고의 발명품은 쓰기이다.

공자는 "배우기만 하고 생각하지 않으면 어리석다." 라고 했다. 맹자는 "생각하면 얻고, 생각하지 않으면 얻지 못한다." 라고 했다. 그 생각의 샘을 터트려주는 것이 바로 손으로 쓰는 행위이다.

시대가 바뀌면서 우리의 의식이나 시스템들이 많이 바뀌고 있다. 하지만 시대가 바뀌어도 변하지 말아야 할 것들이 몇 개 있다. 그중의 하나가 바로 손으로 하는 메모이다. 메모는 제2의 두뇌이다. 손을 움직일 때 뇌는 발달한다. 오늘 당신의 두뇌에게 좋은 영양분을 주고 싶은가. 그렇다면 손으로 열심히 기록해보라.

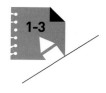

둔한 머리가 총명한 머리를 이긴다

《응답하라 1988》이라는 드라마를 혹시 기억하는가. 2015년 초겨울, 장안의 화제가 되었던 드라마다. 아내와 나는 결혼 초기에 이 드라마에 푹 빠져 살았다. TV가 없었던 우리 집은 퇴근하고 집에 들어오면, 저녁밥을 먹고 태블릿 PC로 《응답하라 1988》을 봤다. 우리 부부는 이 드라마에 대해 이야기를 나누며 잠이 드는 것이 그 당시 큰 낙이었다.

이 드라마는 1988년도를 배경으로 한 드라마다. 드라마를 잘 안 보는 내가 볼 정도로 감동적이고 재미있었다. 어렸을 때 추억도 돋고, 깊은 공감을 일으키는 드라마였다. 그 드라마에서 가장 감동적인 대목이 있었다. 딸과 아빠와의 대화였다. 둘째 딸인 '덕선'이는 서울대 다니는 언니와 어린 남동생에게 치여, 자신에게 잘 해주지 않는 아빠 '성동일'에게 늘 서운한 마음을 가지고 있었다. 그때 아빠 성동일은 둘째 딸 덕선이를 조용히 불러 이런 말을 했다.

"덕선아, 아빠가 미안하다…"

"아빠도 아빠가 처음이라 어떻게 해야 하는지 잘 몰라서 그래…"

"네가 아빠를 조금 이해해줘…"

그 대사를 듣는데 왈칵 눈물이 쏟아져 나왔다. 모두가 어른이 되어 살고 있지만, 모든 것이 처음이라 서툴 수밖에 없는 우리 모두의 나약함에 고개를 끄덕이며 말이다.

처음은 누구나 서툴다. 처음부터 잘 하고, 대단한 사람은 없다. 그래서 순수하고, 투박하고, 정직하다. 잘하지 못한다고 이해해주지 못할 사람도 없다.

나도 처음에 메모를 시작할 때 몸에 습관이 되지 않아 대단히 애를 먹었다. 메모하면 좋다는 것은 알았지만 쉽게 몸이 따라주지 않았다.

'내가 왜 그때 메모하지 않았지?'

'또 펜과 종이를 안 가져왔구나!!'

'내가 써 놓은 메모가 어디로 사라졌지?'

누가 봐도 어설픈 메모예찬론자였다. 나는 메모습관을 갖고 싶었다. 호주머니에서 펜과 종이를 꺼내 무언가를 적는 누군가의 모습이 그렇게 멋져 보일 수가 없었다. 잘 기억하고 싶었다. 의무적으로라도 메모를 하려고 했다. 주머니에 펜과 종이를 가지고 다니며, 한 글자라도 적으려고 노력했다.

처음에 마음먹고 메모를 시작하게 되면 어색하기 그지없다. 주위 사람들도 의식하게 되고, 펜을 잡고 종이에 쓰는 행위가 촌스럽게만 보인다. 그래도 연연해 하지 않았다. 남의 시선은 무시했다. 메모습관만큼 좋은 것은 없다고 생각했기 때문이다.

내가 아는 N 씨는 일류대학을 나왔다. 영어도 원어민처럼 잘 했다. 어디서나 두각을 나타낼 정도로 일도 잘한다. 그가 내게 물었다.

"메모하세요?"

"메모하면 뭐가 달라지나요?"

메모를 좋아하지 않는 사람 같았다. 왠지 모르게 그의 발언에 위축이 되었다. 갑자기 나의 메모하는 모습이 초라하게 느껴졌다. 메모 하나 없이 저렇게 잘 살아가는 그가 더 대단해 보였다. 이걸 계속해야 하는지 의문이 들었다.

어느 날 그는 내게 찾아와 조심스레 말했다.

"메모… 어떤 방법으로 하세요?"

나는 놀라며 물었다.

"왜요? 무슨 일 있으세요?"

겸연쩍은 얼굴로 그는 내게 말했다.

"사실… 제가 정리가 잘 안 되는 편이거든요…"

"하고 있는 일이 워낙 많다 보니… 생각도 정리가 안 되고, 물건들도 정리가 잘 안 돼서요…"

그는 내가 가지고 있는 메모습관을 부러워했다. 카페에 가서 차를 마시며 내가 가지고 있는 메모하는 방법과 노하우를 알려주었다. 메모를 하며 얻은 것들도 곁들여 얘기해주었다. 누군가에게 나의 작은 메모습관으로 도움을 준다는 것이 행복했다. N 씨는 밝은 모습으로 돌아갔다. 자신에게 도움받을 일이 있으면 언제든 부탁하라는 말도 아끼지 않으며 말이다.

며칠 후 N 씨는 내가 알려준 메모습관으로 생각 정리도 잘 되고, 물건 정리도 잘 되고 있다며 좋아했다. 메모습관이 이렇게 좋은지 알았다면, 진작 할 걸 그랬다며 아쉬워하기도 했다.

머리가 좋다고 메모를 잘 하는 것은 아니다. 좋은 대학에 나왔다고 메모에 일가견이 있는 것도 아니다. 메모는 어디까지나 습관에서 비롯된다. 자신의 부족함을 아는 사람만이, 자신의 기억력을 의심하는 사람만이 메모에 중요성을 뼛속 깊이 느낄 수 있다.

나 역시 자신을 잘 아는 데서 메모가 시작되었다. 머리도 좋지 못

둔한 머리가 총명한 머리를 이긴다

했고, 좋은 대학도 나오지 못했다. 쓸데없는 생각만 가득한 머리였다. 둔필승총(鈍筆勝聰)이라는 말이 있다. 둔한 붓이 총명한 머리를 이긴다는 뜻이다. 이 말은 내게 너무나 기쁜 소식이었다. 메모가 나의 삶을 바꿔 줄 것 같았다.

정약용은 사소한 메모나 기록의 중요성을 강조했다. 초서는 책 구절을 옮겨 적는 것을 말한다. 정약용은 책을 읽으며 중요한 구절이 나오면 그대로 옮겨 적었다고 한다. 자료를 모아 생각을 축적하여 《목민심서》, 《흠흠신서》를 비롯한 500여 권의 책을 써냈다.

나는 그때그때의 생각과 내용을 적는 메모뿐만이 아니라, 정약용의 초서를 따라 해보기 시작했다. 독서를 하다가 중요한 부분이 있으면 밑줄을 그었다. 책을 다 읽고 난 후, 밑줄 그은 부분을 노트에 옮겨 적었다. 생각보다 그 양이 방대했다. 양이 너무 많을 때는 타자를 쳐서 파일로 옮겨 놓았다. 놀라운 일이 일어났다. 내가 밑줄 치고 옮겨 놓은 내용들이 머릿속에 더 깊이 오래 각인 되는 것이었다. 책을 한 번 읽고 덮어놨을 때는 시간이 지나면 읽은 내용이 거의 사라졌다. 옮겨 적는 초서를 하고부터 진짜 책을 읽은 느낌이 들었다.

사람의 머리는 차이가 있을까. 물론 약간의 차이는 있을 수 있다. 하지만 펜을 활용해 적는 사람은 머리 좋은 사람을 이길 수 있다고 자부한다. 말 그대로 펜을 들고 있는 둔한 머리가 총명한 머리를 이기는 것이다.

소크라테스는 말했다. "무지를 아는 것이 곧 앎의 시작이다." 나의 무지함이 메모할 수 있는 원동력이 되었다. 메모와 기록은 나의 삶에 절대 없어서는 안 되는 무기가 되었다.

교도소에 수용자들은 몸이 아플 때 딱히 특별한 처방이 없다. 심한 경우가 아니고서는 대부분 먹는 약으로 치료한다. 교도관이 수용자에게 약을 주는 일은 중요한 업무 중에 하나다.

수용자에게 약을 줄 때 교도관은 약봉지를 직접 뜯어서 준다. 목으로 삼키는 것까지 확인한다. 수용자가 약을 받아놓고 어떤 용도로 사용할지 몰라서이다. 약을 먹으면 '교도관 근무일지'에 기록을 한다. 날짜, 시간, 누가 먹었는지를 세세히 기록한다. 이 기록은 약을 먹었다는 증거로도 활용이 되지만, 차후 더 나은 치료에도 큰 도움이 된다.

교도관인 나는 평소 가지고 있는 메모습관의 덕을 많이 본다. 펜을 들고 적는 일이 교도관의 업무에 절반을 차지하기 때문이다. 적는 것을 귀찮아하는 직원들도 있다. 그럼 꼭 일이 생긴다.

꼭 교도관이 아니더라도, 어느 직종에서나 메모와 기록은 중요하다. 시간이 흐를수록 적지 않으면 살 수 없는 세상에 우리는 살고 있다. 이 시대를 잘 살아내기 위해서는 적어야 한다. 무조건 적어야 한다. 무엇을 적어야 할지 모르겠는가. 오늘 일어난 일, 누구와 만났는지, 무엇을 먹었는지 등을 적어라. 적다 보면 적응이 되고 습관이 된다.

수십 년 전에 연구를 통해 사람의 뇌는 기억할 수 있는 숫자의 한계가 있다고 했다. 3개에서 7개라고 한다. 그래서 미국의 전화번호는 7자리다. 기록하는 것이 습관이 되면 전화번호가 70자리, 700자리여도 상관없다. 적어놓고 기억하면 된다.

언제 어디서나 메모할 수 있도록 준비해 보라. 노트와 필기구, 이것이 귀찮다면 휴대용 수첩이나 핸드폰에 메모 앱을 설치해 놓고 다녀라. 하루 중에 집중적으로 메모할 수 있는 시간도 확보해 놓아라. 몸에 이것들을 지니고 다니는 것만으로도 마음이 든든해질 것이다. 거기서 한 발자국 더 나아가 펜을 움직여 종이에 적는 습관을 들여라. 당신은 그 누구의 머리도 부럽지 않게 될 것이다.

머리가 둔한가. 자신이 남들에 비해 부족하다고 생각하는가. 스스로 자존감이 낮다고 느끼는가. 오늘부터 적는 것을 실행한다면 총명한 머리를 이길 수 있다.

1-4

메모하는 독종만이 살아남는다

"이병 김! 연! 진! 특공대로 보내주십시오!"

　　　　신병교육대에서 입소 동기들과 함께 훈련이 마쳐 갈 때쯤, 곧 정해질 보직을 앞두고 대화를 나누었다.

"너는 어디로 가고 싶어?"

가장 힘이 없어 보이는 한 동기가 말했다.

"나는 편한 곳으로 가고 싶어. 훈련도 별로 없고, 휴가도 마음대로 나갈 수 있는 곳으로!"

한 동기가 내게도 물어봤다.

"연진아! 너는 어디로 가고 싶냐?"

나는 초심을 잃지 않고 당당히 말했다.

"특공대로 가고 싶어! 무술도 배우고, 훈련도 엄청 빡센!"

둔한 머리가 총명한 머리를 이긴다

군대는 당시 내성적이었던 내게 중요한 터닝 포인트가 될 좋은 기회였다. 남들은 군대 가기를 싫어했다. 가도 편한 곳으로 가고 싶어했다. 나는 달랐다. 무슨 영웅심이 있었는지 이왕 가는 거라면 힘들고 고생하는 곳으로 가고 싶었다.

기다리던 보직을 받았다. 군장을 메고 기대하는 마음으로 도착한 곳은 취사장이었다. 병사들의 밥을 만드는 취사병이 된 것이다. 낙심했다.

'그렇게 기대했는데… 취사병이라니…'

바로 주임원사를 찾아갔다. 보직변경을 신청했다. 제일 힘든 곳이라도 좋으니 취사병만 하지 않게 해달라고 했다. 기다려보라는 무책임한 말만 내던졌다. 우선 기다려보기로 했다. 선임들에게는 찍힐 대로 찍혔다. 갓 들어온 병아리 같은 신병이 보직변경을 신청하다니. 욕먹어도 싸다. 무시하고 나는 악착같이 시간이 날 때마다 보직변경을 요구했다. 결국 100일 휴가 나가기 전까지도 되지 않았다. 포기했다.

'내 운명은 취사장에서 군 생활하는 것이구나!'

한 선임이 내게 독종이라고 했다. 그때 나는 살면서 독종이라는 말을 처음 듣게 되었다.

당신은 살면서 '독종' 이라는 말을 들어본 적이 있는가. 독종의 뜻을 찾아보면 '성질이 매우 독한 사람' 이라고 한다. 우리는 한 분야에 미치도록 열심을 내는 사람들 보고도 '독종' 이라는 말을 사용한다.

세계 축구 스타인 호날두는 30대 중반의 나이인데도 신체나이가 20세 선수와 비슷한 수준이라고 한다. 근육량이나, 순발력, 반응속도, 피로회복 능력 등 모든 것이 30대의 몸이다. 도저히 믿기지 않는 결과다.

그는 윗몸 일으키기 3,000번과 팔굽혀펴기 1,000번을 하루도 거르지 않고 매일 한다고 한다. 술과 담배, 탄산음료나 커피 같은 몸에 안 좋은 음식은 입에도 대지 않는다. 소금 간을 거의 하지 않은 샐러드와 닭 가슴살 위주로 식사를 한다. 이 사람이야말로 정말 '독종' 이다.

어감은 그리 좋지 않지만, 세상은 한 분야의 독종인 사람을 원한다. 이제는 많은 일을 다양하게 두루두루 잘 하는 사람보다, 한 분야를 미치도록 잘 하는 사람이 성공하는 세상이다.

나는 지금도 뭐 하나 제대로 잘 하는 건 없다. 운동도 남들 하는 정도만 할 뿐이고, 일도 잘 하지 못한다. 그렇다고 노는 것을 잘 노는 것도 아니다. 음악을 좋아한다고 하지만, 예전 서태지와 아이들의 서태지처럼 일주일 동안 방에서 나오지 않고 음악만 하고 싶은 열정도 없다. 모든 것이 다 그저 그렇다.

하지만 나는 메모만큼은 열심을 낸다. 항상 종이와 펜을 가지고 다니면서 메모를 하고, 시간 날 때마다 내가 해놓은 메모를 보며 기억하려 노력한다.

내가 타고 다니는 차 안에도 항상 메모지를 비치해둔다. 심지어 메모지를 받치고 쓸 수 있는 쿠션 모양으로 된 받침대도 차에 넣어 놨다. 차를 타고 가다가 떠오르는 생각이나, 기억해야 할 내용이 있으면, 깜빡이를 켜고 도로 우측에 차를 세운다. 잊어버리기 전에 종이에 기록한다. 메모도 싱싱할 때 써놔야 한다.

작곡하는 것을 좋아하는 나는, 차 운전 중에 악상이 떠오를 때가 있다. 그때는 핸드폰 녹음기를 켜고 떠오르는 멜로디를 흥얼흥얼거려 녹음을 해둔다. 이것 또한 음성으로 하는 메모이다. 이렇게 나는 많은 곡을 만들었다.

강의를 들을 기회가 있거나, TV를 볼 때도 빠지지 않고 메모를 한다. 메모하는 방법은 요약하면서 적는 것이 아니다. 요목조목 꼼꼼하게 적는 것이다. 메모는 쓰는 행위가 목적이 아니다. 나중에 메모한 것을 봤을 때 정확한 내용이 복기가 되어야 한다. 내용이 정확하게 기억이 나지 않는다면 그 메모는 무용지물(無用之物)에 불과하다.

메모한 것을 다시 노트북에 옮겨서 날짜별, 제목별로 분류를 해놓는다. 누군가와 대화를 할 때나, 외부에서 강의나 교육을 할 때 중요한 자료가 된다. 메모해 놓은 것만 내가 아는 지식이고, 메모해 놓은 것만 내 것이 된다.

아내도 메모를 좋아한다. 집 곳곳에 메모장이 있다. 음식 재료와 해야 할 일을 적어놓는 메모장이 냉장고에도 붙어있다. 거실에는 작은 화이트보드를 걸어놓고 가정에 중요한 일이나, 사야 할 것들을 적어놓는다. 식탁 위에도 언제든지 쓸 수 있는 종이와 펜을 올려놓았다.

'메모가 없었다면 내 인생은 어떻게 되었을까?' 생각만 해도 끔찍하다. 내 인생에 있어 메모 없는 삶은 상상이 안 간다. 그만큼 메모는 내 인생을 송두리째 장악해버렸다.

나는 메모를 어려서부터 잘 하던 사람은 아니었다. 학창시절 때 노트도 안 가지고 다녔던 내가 메모를 좋아할 리가 만무하다. 기억력이 나빴던 나는 메모를 해야 알 수 있었다. 뭐라도 써놔야 기억할 수 있기에 쓰기 시작한 것이다.

어느새 메모는 습관이 되어버렸다. 누군가는 메모가 별것도 아니게 느낄 수도 있다. 거추장스러운 행위에 불과할 수도 있다. 그러나 메모를 해 본 사람은 안다. 그 어떤 금은보화하고도 바꾸고 싶지 않은 것이 바로 메모라는 것을.

프로와 아마추어는 습관에서 나뉜다. 아무리 잘 해도 지속적으로 하고 있지 않은 사람은 '아마추어'이다. 아무리 부족해도 지속해서 하는 사람은 '프로'이다. 나는 나를 감히 메모에 있어서 '프로'라고 말 하고 싶다. 남이 인정해주든 안 해 주든 조금씩 매일 하는 것이 중요하다. 반복을 이길 장사는 그 어디에도 없다.

아내와 데이트를 하다가도 갑자기 생각이 번뜩이면 핸드폰을 꺼내 메모를 해놓는다. 아내는 우스갯소리로 "메모가 나보다 우선이야?"라고 말했다. 그 정도로 시도 때도 없이 메모를 한다. 기억은 금방 휘발되기 때문이다.

사자성어에 양두구육(羊頭狗肉)이라는 말이 있다. 양의 머리를 걸어놓고 개고기를 판다라는 말이다. 겉은 훌륭해 보이나 속은 그렇지 못하다는 내용을 담고 있다.

요즘 젊은이들은 겉으로 보이는 외적인 면에만 신경을 많이 쓰며 살아간다. 옷도 화려하고, 차도 좋고, 집도 조금이라도 넓은 평수에 살기 위해 부단히 노력한다. 하지만 자신의 주장과 논리와 인생의 의미는 찾지 못한 채 사는 것처럼 보인다. 이면의 모습은 힘이 없고 우울해 보이기 때문이다. 멘탈도 약하다. 운전을 하다가 조금이라도 자기 맘에 들지 않으면 크게 '빵!빵!'거린다. 참지를 못한다. '나 약합니다.'라는 표현이다.

자신에게 일어나는 모든 일을 메모하고 기록하면 생각이 깊어진다. 하나둘씩 쌓여가는 메모장으로 부자가 된 것 같은 느낌마저 든다.

군대 이후로 나는 독종이라는 말을 들어본 적이 없다. 그 누구도 내게 말해주지 않았다. 나는 메모에 있어서만큼은 '독종'이 되고 싶다. 아니 이미 '독종'이다. 이렇게 최면을 걸며 오늘도 메모에 열심을 낸다.

메모의 독종이 돼라. 메모가 최고의 자산이 될 것을 확신한다.

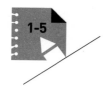

메모의 목적은 기록이 아니다

이 세상은 모두 기록으로 이루어져 있다고 해도 과언이 아니다. 차를 타고 다닐 때 길을 안내하는 전광판도 기록이고, 사무실 책꽂이에 무수히 쌓여있는 서류들도 기록이다. 핸드폰에 저장되어 있는 번호도 기록이고, 메시지 내용과 틈나는 대로 찍어놨던 사진들도 기록이다. 또 아파트의 이름들도 기록이고, 아파트 동 호수도 기록이다.

이렇게 우리는 수많은 기록에 묻혀서 산다. 우리가 눈에 보이는 것은 다 기록이 되어있다. 세상에 모든 것들은 왜 기록이 되어있는 것일까. 당연하다. 사람이 보고 기억을 할 수 있도록 장치를 만들어 놓은 것이다.

만약 세상에 기록이 없다면 혼란스러울 것이다. 길을 가다가 목적지가 어디인지 모르고 헤매게 될 것이다. 누군가에게 전화를 해야 하는데 번호가 기억이 나지 않아 연락도 못 할 것이다. 자신의 집이 어디인지 몰라 남의 집에 들어가는 우스꽝스러운 일도 일어나게 될 것이다.

강변역에 있는 테크노마트에 아내와 전자제품을 보러 간 적이 있었다. 다 보고 나와 서로 대화를 나누며 주차장으로 향했다. 갑자기 등골이 오싹해지기 시작했다. 내 차를 어디에 주차했는지 생각이 나지 않았다. 그곳은 주차장이 지하로 여러 층으로 되어있고 넓었다, 찾기가 보통 힘든 것이 아니었다. 아내가 슬슬 짜증 내기 시작했다. 결국 한 시간이 넘어서야 찾았다. 기록 해놓지 않아 생긴 일이다. 나는 그 이후로 주차장에 주차를 하면 장소와 넘버를 꼭 기록해놓거나, 휴대폰으로 사진을 찍어놓는다.

사람의 기억으로는 한계가 있다. 하루에도 수많은 정보들이 머릿속을 지나간다. 그 정보가 가지런히 폴더에 정리되면 좋으련만, 우리의 머리는 그런 기능은 하지 못한다. 결국 기억을 하기 위해서는 적는 방법밖에 없다. 머리가 아닌, 눈으로 볼 수 있도록 적어놓고 반복해서 봐야 머릿속에 각인이 된다.

둔한 머리가 총명한 머리를 이긴다

'누가 더 기억을 잘 해내는가' 로 모든 것이 결정된다 해도 결코 지나치지 않다. 공부도 기억을 해야 문제를 잘 풀 수 있다. 업무도 그 내용에 대해 기억을 잘 하고 있어야 잘 진행이 된다. 사람과의 관계도 대체적으로 지나간 과거를 꺼내며 대화하기 때문에, 잘 기억하고 있는 사람이 인기가 좋다.

메모는 결국 잊어버리지 않기 위해, 기억하기 위해 하는 것이다. 하지만 기억하기 위해서만 메모하고 기록하는 것은 아니다. 쓰는 행위 자체로만 메모의 역할을 다 했다고 할 수 없다. 메모를 통해 생각하는 것이 더 크다.

《생각정리를 위한 노트의 기술》저자인 이상혁은 "메모는 적고 생각하는 것 자체로 훌륭한 의미를 가진다. 하지만 그것이 행동으로 이어져 실행을 하는 것과 안 하는 것의 차이는 엄청날 수 있다."라고 했다.

사람이 생각을 한다는 것은 행동으로 옮길 준비를 하고 있다는 것이다. 메모의 목적은 생각하기 위해서다. 그 생각을 통해 자신의 행동이 좀 더 전진하기 위한 행위이다.

대부분의 사람들은 책을 다독(多讀) 자체에 목적을 둔다. 다독가를 선망의 대상으로 삼고, 대단하고 위대하게 바라본다. 책을 많이 읽는다는 것은 두말할 나위 없이 좋은 모습이다. 하지만 독서를 많이 한다고 삶이 바뀌는 것은 아니다.

《나이 서른에 책 3,000권을 읽어봤더니》의 저자 이상민도 "책을 많이 읽기는 했지만, 다 기억이 나지 않는다."라고 했다.

독서는 독서 하는 그 행위 자체로 능력이 있지 않다. 독서한 내용들을 전부 기억하기 위해서 독서 하는 것이 아니다. 독서는 생각하기 위해 하는 것이고, 결국 행동으로 옮기기 위해 하는 것이다. 자신이 가지고 있는 생각들을 남의 생각과 대조시켜 더 나은 방향으로 나의 삶을 움직이는 작업이다.

독서 역시 자신이 읽은 내용을 잘 기억해 놔야 한다. 나도 예전에는 책을 많이 읽는 것 자체에만 목적을 두었었다. 한 권이라도 더 많이 읽기 위해 속독하는 방법도 알아보고, 흉내도 내봤다. 책장에는 읽은 책들이 차곡차곡 쌓여갔다. 하지만 내게 남는 건 허무함뿐이었다. 그때부터 책 곳곳에 메모하기 시작했다. 노트를 한 권 사서 밑줄 친 내용을 날짜와 함께 기록 했다. 독서 노트는 나의 삶에 큰 자양분이 되었다.

이제 얼마나 많이 아는가보다는 세상의 변화를 읽어내고, 필요할 때 원하는 지식을 찾아내는 사람이 각광을 받는다. 이러한 능력을 기르는 키워드는 다름 아닌 '생각' 이다. 생각하기 위해서는 메모만

둔한 머리가 총명한 머리를 이긴다

한 것이 없고, 기록만한 것이 없다.

앞으로의 경쟁력은 누가 어떤 지식을 얼마나 많이 갖고 있는가로 판가름 나지 않는다. 자기가 가지고 있는 지식을 통해 새로운 것을 만들어 낼 수 있느냐에 달렸다. 넘쳐나는 지식 속에서 이것이 진짜인지 아닌지 가려내는 판단력, 어느 것이 핵심인지를 파악해내는 통찰력. 흩어져 있는 지식을 연결하는 통섭력, 예술적이고 아름다운 것들을 느끼는 감각 등이 더욱 중요해질 것이다. 많은 영어단어를 외워야 독해가 가능하고 회화가 가능하다. 메모를 통한 자신만의 지식이 축적이 되어야 앞으로 도래하는 세상을 거뜬히 이겨낼 수 있다.

우리 가족은 이사를 자주 다녔다. 학교에 적응할 만하면 전학을 갔던 기억이 난다. 집을 옮길 때마다 제일 먼저 아버지가 해주는 것이 있었다. 방문 귀퉁이 쪽에 자리를 잡고 동생과 나의 키를 벽에 재어주는 일이었다.

방학이 되면 키가 10㎝ 이상도 컸다. 왜 이렇게 그 당시는 키 재는 것이 재미있었던지. 밥만 먹으면 아버지에게 키를 재어달라고 졸랐던 기억이 난다.

기록을 하면 과거의 기록을 볼 수 있게 된다. 과거의 기록을 보며 내가 얼마나 성장하고 있는지 확인할 수 있다. 사람은 누구나 시간이 흐르며 성장을 한다. 그것이 겉으로 보이는 모습이든, 보이지 않는 내면의 모습이든 사람은 항상 성장하고 있다. 사람들은 하루하루가 늘 똑같이 지루하게 반복되어 삶이 재미없다고 느낀다. 심하면 우울증까지 오게 된다. 더 나아가 자살까지 이어지기도 한다.

사람은 조금씩이라도 나 자신이 성장하고 발전하는 모습을 보면 힘이 생긴다. 기록을 하면 자신의 성장하는 모습을 볼 수 있다. 아버지가 우리 형제의 키를 재어줬던 것처럼, 일상의 삶을 기록하고 메모하며 나아가라. 그러면 조금씩 성장하고 발전하는 모습을 볼 수 있다.

사람은 기록을 의지하며 살고 있다. 그리고 기억을 더듬으며 한 발씩 내딛는 존재이다. 아침에 거울을 보며 '난 할 수 있어!' 라는 행위도 결국 자신의 신념을 잊어버리지 않기 위해 하는 것 아닌가. 국경일을 지키는 것도 그 사건에 대해 잊지 않기 위해 이루어지는 것이다. 생일 역시 마찬가지다. 잊지 않기 위해 하는 것이다. 기록 자체가 현재의 내 삶을 변화시키는 것이 아니다. 생각을 하고 행동으로 옮겨져야 메모의 역할을 다하는 것이다.

그동안의 모든 기록은 지금까지 사람들의 삶을 한 발자국씩 옮겨놓았다. 오늘 당신의 작은 기록이 세상을 움직이는데 좋은 발판이 되어 줄 것이다.

둔한 머리가 총명한 머리를 이긴다

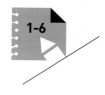

읽는 놈 위에 메모하는 놈 있다

책 읽기와 담을 쌓고 살았다. 고상한 사람들만 하는 행위라 생각했다. 20대 후반부터 책을 읽기 시작했다. 특별한 동기는 없었다. 연락할 친구도 많지 않았다. 핸드폰 만지작거리는 것도 좋아하지 않았다. '책이라도 읽어보자' 라는 마음으로 책 한 권을 내 돈 주고 처음 샀다. '가시고기' 라는 책이 나의 독서의 시작이었다.

생각보다 재밌었다. 글자하고 친하지 않던 내가 책 읽는 시간이 좋아지기 시작했다. 한 권, 두 권, 열 권, 스무 권… 책을 읽어 나갔다. 나는 말수가 없는 편이었다. 책을 가까이하다 보니 말이 많아지기 시작했다. 아니 말을 조리 있게 잘 하게 되었다.

직장에서 우연히 땜빵으로 게임 진행을 맡게 되었다. 한 번도 진행과 사회라는 것을 해본 적이 없었다. 왜 그 당시 나 같은 사람이 맡게 되었는지 아직도 의문이다.

100명이 넘는 직원들 앞에 나가니 떨렸다. 준비위원이 준비해준 대본 위에 애드리브를 살짝살짝 넣어가며 진행하면 되는 것이었다. 쉬워 보였지만 자신은 없었다. 생각보다 말이 술술 나왔다. 게임이 끝나고 직원들이 잘했다고 칭찬해주었다. 진행자 체질이라고 했다. 히트였다. 나도 놀랐다.

그해 여름, 교회에서 '10분 스피치' 라는 프로그램이 열렸다. '나는 세상을 위해 무엇을 할 수 있나?' 라는 주제로 10분 동안 자신의 생각을 강연하는 프로그램이었다. 나는 크게 관심이 없었다. 주위 사람들의 등쌀에 떠밀려 나가게 되었다. 내가 1등을 했다. 상품으로 그 당시 최고가의 태블릿 PC를 받았다. 내가 이런 거로 상을 받다니. 어찌 된 일인지 어안이 벙벙했다.

책을 읽으니 머리에 생각이 많아지는 것을 느꼈다. 또 손으로 쓰는 글이든, 입을 통한 말이든 책을 읽으면 자신의 생각을 바깥으로 표출해 내고 싶은 마음이 생긴다. 책 속에 수많은 단어와 문장들이 뇌에 자극을 주기 때문이다.

독서를 하고부터 말을 잘 한다는 이야기를 줄곧 듣게 되었다. 게임 진행을 계기로 소문이 나, 교회, 직장, 가정 등에 행사 진행은 내가 다 도맡아서 한다.

독일 작가 프란츠 카프카는 "책은 우리 안에 얼어붙은 바다를 부수기 위한 도끼여야만 한다."라고 했다. 독서를 하면 내가 가진 고정관념, 이기적인 마음, 갇혀있던 자신만의 얄팍한 생각들이 와장창 깨진다. 그리고 더욱 생각의 폭이 넓어진다. 남을 이해하는 마음이 생기고, 모두가 공감할 만한 대중적인 소통의 창구가 열린다.

나는 말도 잘하게 되고, 대중 앞에 나서는 자신감이 월등히 올라갔다. 하지만 2%가 부족한 느낌이었다. 나는 했던 말을 반복하고, 듣기보다 말하기에 더욱 치중되어 있었다. 어느 정도 시간이 지나면 상대방의 지친 모습이 역력했다. 생각 정리가 되지 않아 나온 결과였다.

메모습관이 생기고 난 후 남 앞에서의 말하기는 한층 업그레이드되었다. 메모를 하기 전에는 내 안에 있는 정보를 생각 없이 쏟아 냈다. 내가 전해야 할 메시지를 메모하고 정리를 하고 나니 생각이 보기 좋게 가지런해졌다. 더 조리 있게 말을 하게 되었다. 남은 2%도 채워진 느낌이었다.

축구나 농구 같은 운동을 잘 한다고 무작정 계속 뛰면 안 된다. 사람은 한계가 있기 때문에 현실과 감정에 취해 고삐 풀린 망아지처럼 제멋대로 뛸 수가 있다. 반드시 감독이나 코치가 중간에 불러 점검을 해줘야 한다. 다시 초심을 잡아줘야 한다. 선수들의 멘탈을 잘 정리시켜 경기에 내보내야 한다. 그래야 좋은 경기를 펼칠 수 있다.

말하기도 똑같다. 메모를 통해 자신의 생각을 점검해야 한다. 메모를 하면 생각이 정리된다. 내가 전달하고자 하는 내용을 바르게 전달할 수 있다. 생각과 말은 연결이 되어있다. 메모를 통해 생각 정리를 하면 말은 잘 할 수밖에 없다. 적절하게 상대방에게 질문도 하며, 듣는 여유까지 확보하게 된다. 메모가 뒷받침되어주면 소통의 능력은 고급스러워진다.

명품의 진짜와 짝퉁은 아주 작은 디테일로 결정이 된다. 일반인이 보기에는 식별이 불가하다. 전문가들은 어떤 것이 진짜이고 짝퉁인지 정확히 안다. 일반인 눈에 보이지 않는 재봉 상태나, 소재, 프린팅 등을 보면 알 수 있다. 아주 작은 차이가 진짜를 만들고, 짝퉁을 만드는 것이다.

음악도 요즘에는 다 컴퓨터로 만든다. 컴퓨터 하나면 어떠한 음악이든 멋지게 구현해 낼 수 있다. 그럼에도 불구하고 직접 연주해서 녹음하는 뮤지션들이 있다. 이유는 간단하다. 작은 기교의 차이, 음

질의 차이 그리고 자연스러움 때문이다. 힘들고 번거로워도 직접 연주를 한다. 더 듣기 편하고 좋다. 이런 것이 프로를 만든다.

메모도 이와 같다. 어느 자리에서나 프로와 아마추어를 결정지어주는 것은 다름 아닌 메모이다. 메모를 하면 없던 자신감이 생긴다. 메모를 해놓으면 말이 달라지고, 말투가 달라지고, 목소리 톤이 달라진다. 메모는 프로로 가는 지름길이다.

메모할 때 나는 생각나는 대로 적는다. 장소와 가진 도구와 상관없이 우선 적고 본다. 필요하면 메모 옆에 날짜도 함께 적어놓는다. 그럼 언제 적었는지 기억할 수 있다. 그리고 시간을 내서 정리해둔다. 냉동실에 음식물을 잘 정리해 놓으면 꺼내 쓰기 쉽다. 메모도 잘 정리해두면 나의 삶, 어느 순간에도 필요할 때 꺼내 쉽게 사용할 수 있다. 메모는 잘 다져진 인생의 재료와 같다. 메모하지 않으면 자신의 인생을 맛있게 만들 수 없다. 남이 시키는 대로만 해야 하고, 내게 주어진 답만 재차 확인하며 살아야 한다.

나 역시 하루가 어떻게 흘러가는지도 모르게 바쁘게 살고 있다. 새벽에 일어나 책을 보고, 약 1시간 15분 걸려 여주까지 운전해서 출근한다. 점심에는 건강을 위해 운동을 한다. 집에 돌아오면 아이들과 놀아준다. 모두 잠들면 조용히 노트북을 켜서 책을 쓴다. 하지만 아무리 힘들어도 메모를 통해 생각을 정리하고, 글이나 말로 표현하며 사니 행복하다. 내 존재가 확인되니 지치지 않는다.

이제는 나 자신을 어필하는 시대다. 스피치 시대다. 자기 PR의 시대다. 말하지 않으면 아무도 모른다. 말도 잘해야 하고 글도 잘 써야 한다. 자신을 표현하며 살아야 한다. 회사, 가정, 그 어디에서든 말이다.

메모를 하면 말도 잘 하고 글도 잘 쓸 수 있다. 자신을 표현하며 살 수 있다. 메모는 인생의 전반적인 모든 것과 연결이 되어있다. 그래서 메모는 강하다.

메모하는 사람은 이길 수 없다. 메모하면 자신이 현재 어느 위치에 있고, 어디로 가고 있는지 정확히 알 수 있다. 세상에 그 누구도 부러워 할 것 없다. 메모를 시작하는 순간 당신은 그 누구도 부럽지 않은 인생이 될 것이다.

둔한 머리가 총명한 머리를 이긴다

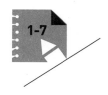

1-7

일의 성과를 내는 메모습관

새벽 5시가 되면 자연스레 눈이 떠진다. 10년 이상을 이렇게 살아왔다. 이제 몸도 알아서 반응한다. 눈을 감은 채로 샤워를 한다. 목이 늘어난 티셔츠에서 정갈한 제복으로 갈아입는다. 냉장고에 어제 먹다 남은 빵 조각이 있으면 입에 욱여넣는다. 비타민도 꼭 챙긴다. 아내와 아이들이 깰까 봐 도망 나오듯이 조용히 집을 나선다.

운전대를 붙잡고 아침 공기를 마시며 여주까지 힘껏 달린다. 자주 듣는 조용한 음악을 켜고 차창 밖에 세상을 바라본다. 지금부터 나만의 공간이고 시간이다. 카톡 알림음이 울리기 시작한다. 주위에서 하루도 빠지지 않고 보내주는 응원의 메시지다. 감사한 마음으로 읽어본다. 피곤한 얼굴이 조금씩 화색이 돌기 시작한다.

어제 있었던 일들을 생각해본다. 일어났던 일, 내가 했던 일, 놓쳤던 일, 실수했던 일 등 시간 단위로 기억하려 애쓴다. 오늘 해야 할 일들을 머릿속으로 그려본다. 복잡하고 분주했던 마음이 가라앉는 순간이다.

직장에서 일하다 보면 풀리지 않는 문제들이 꼭 생긴다. 업무의 문제, 관계의 문제와 씨름하다 보면 어느덧 오후 6시 남짓 된다. 끝내지 못한 업무에 야근을 해야 하나 말아야 하나 고민한다. 내일도 해가 뜬다는 진리를 굳게 믿으며 결국 칼퇴를 결심한다. 다시 왔던 길을 그대로 역행하며 내 발걸음은 집으로 향한다. 조금 전까지 머리를 싸매며 고민했던 것들이 그 현장을 벗어나면 좋은 아이디어나 생각들이 튀어 오른다.

'오! 그래 바로 이거야! 내일 이렇게 하면 되겠다!'

기분 좋은 상태로 퇴근을 하고, 또 다음 날 똑같이 출근을 한다. 하지만 어제 기억났던 것들은 온데간데없이 사라져 있다. 조금의 실마리도 잡히지 않는다. 어제 기억의 흔적들은 집 나간 지 오래다.

요즘은 모두 바쁜 직장생활을 하며 살아간다. 내가 아는 H 씨는 아침에 일어나는 것이 너무 힘들어, 회사에 지각하는 일이 다반사라고 한다. 여유 있게 하루를 시작해도 치어가며 살아가는 판에, 이렇게 허둥지둥 하루를 시작한다면 안 봐도 비디오다.

회사마다 업무 스타일과 업무의 종류와 난이도는 다르겠지만, 결국 기획에서 모든 것이 이루어진다 해도 과언은 아니다. 기획을 잘해야 어디서나 인정을 받고, 그 사람을 우수한 직원으로 평가해준다. 더 이상 기업이나 회사는 시키는 일만 해서는 살아남을 수 없는 구조가 되어버렸다.

그렇다면 좋은 기획을 만들어내기 위해 어떻게 해야 할까. 좋은 아이디어를 제안하려면 무엇을 해야 할까. 남이 생각하지 못하는 것을 업무로 연결시키는 작업이 반드시 이루어져야 한다.

3B 법칙이 있다. 크리에이티브 디렉터인 박서원의 책 《생각하는 미친놈》에서 나온 내용이다. 3B는 Bus, Bath, Bed이다. 즉, 사람의 기발한 생각과 아이디어는 버스와 욕조, 침대에서 나온다는 것이다.

좋은 생각은 마음이 평안한 곳에서 발생한다. 분주하고 복잡한 곳에서는 생각도 얽혀있다. 얽혀있고 묶여있으면 비집고 나올 틈이 조금도 없는 거 같다. 당신의 몸과 마음이 무장해제가 되는 장소는 어디인가. 아무 생각 없이 멍해지는 위치가 어디인가. 그곳에 메모장과 펜을 꼭 갖다 놓으라. 그때가 자신의 업무 기획서를 쓸 기회이다.

《생각정리를 위한 노트의 기술》의 저자인 이상혁은 "화장실 벽에 있는 타일은 메모하기 위해 만들어 놓은 것이다."라고 했다. 그의 집 화장실은 메모가 빼곡하게 적혀 있다. 화장실 안에서 기발한 아이디어들이 번뜩이는 것이다.

나는 업무에 관한 내용들은 다이어리를 가지고 다니면서 적는다. 나 역시 잠을 자기 전에도 다이어리나 핸드폰을 꼭 머리맡에 두고 잔다. 언제든 생각나는 것이 있으면 바로 적을 수 있도록 말이다.

다이어리마다 크기와 폼(Form)이 다르다. 나는 다이어리를 따로 사지 않는다. 직장에서 지급해주는 평범한 것으로 사용한다. 월별 달력 부분으로 되어있는 곳 맨 좌측에는 그달에 가장 스페셜한 일들을 적어놓는다. 중요한 업무 내용이나, 목표나 다짐, 꼭 해야 할 일 등을 적는다. 일별로는 그날그날 일어나는 이슈들을 빠짐없이 적어놓는다. 예를 들면 약속과 생일, 돈 빌린 거, 돈 갚은 거, 어느 식당에 가서 무엇을 먹었는지, 누구를 만났는지, 이동수단은 무엇을 했는지를 기록한다. 심지어 이발한 것과 영화 본 것도 적어놓는다. 이렇게 해놓으면 나중에 일기를 쓸 때도 편하고 자신이 걸어온 흔적들을 놓치지 않고 기억할 수 있어 좋다.

현대인들은 열심히 살아간다. 하지만 자신이 어떻게 살고 있는지를

둔한 머리가 총명한 머리를 이긴다

잘 모르는 경우가 많다. 실수도 많고, 허무함도 느끼고, 꿈도 없다. 자신만의 다이어리를 구매하여 기록해 놓아라. 업무는 업무대로 능률이 올라가고, 중요한 일들은 쉽게 해결해 나아갈 수 있어 좋다. 자신이 해놓았던 기록들을 보면서 생각지 않았던 꿈들도 생기게 된다.

초등학교 1학년 때 '알림장'을 썼던 기억이 난다. 알림장이라는 공책도 따로 팔았다. 그 당시 담임선생님이 매일 검사하는 것이 있었다. 하나가 일기장이고 또 하나가 알림장이었다.

알림장은 다음 날 수업에 필요한 준비물이나, 숙제 등을 기록하는 공책이다. 누가 이름을 지었는지 깔끔하게도 지었다. 학교에 갓 들어간 아이들이 얼마나 덤벙거리겠는가. 자기 몸 하나 건사하지 못하는 아이들이 학교생활을 제대로 할 리가 없다. 하지만 알림장이 있으니 걱정 없다. 메모습관이 전혀 없어도 상관없다. 담임선생님이 종례 때 칠판에 적어주시는 것을 알림장에 그대로 베껴오면 된다.

착실한 친구들은 스스로 알림장을 보면서 준비한다. 그렇지 못한 친구들은 엄마가 보고 체크 해 준다. 그러면 어떠랴. 우선 적어오기라도 했으니 반은 성공한 거다. 엄마들은 알림장을 보며 준비물도 사다가 가방에 넣어준다. "이런 숙제도 있네?"라고 하며 책과 공책을 펴서 함께 숙제도 해준다. 그다음 날 선생님에게 검사를 받으면 된다.

우린 이미 어렸을 때부터 메모의 중요성을 배웠다. 메모해야 잊어버리지 않고, 준비하고 계획했던 일들을 잘 해 나아갈 수 있다고 말이다. 그래서 '우리가 배워야 할 것들은 유치원에서 다 배운다.'는 말도 있는 거 같다.

나이가 들어갈수록 우리는 소중한 것을 놓치며 산다. 자신의 경험과 자신의 머리를 믿기 시작하고부터다. 알림장으로 분명히 배웠던 메모습관을 잊어버리며 '난 왜 이러지' '난 왜 이것밖에 안 되지' 라며 자신을 자책하며 산다.

《성공하려면 기억하지 말고 메모하라》의 저자 사이토 요이치는 "메모하면 정신건강에도 좋다."라고 했다. 스트레스를 받지 않으니까 정신건강에 좋고, 건강이 좋으니 얼굴 인상도 좋아진다. 회사나 기업, 그리고 주위 사람들에게도 좋은 이미지를 줄 수 있다.

업무만 잘 한다고 회사에서 인정받지 못한다. 동료들과의 관계 형성도 곧 업무이고 업무의 연속이다. 즉, 메모는 자신의 업무와 관계에 상당한 영향을 미치고 있다.

육아 생활을 시작한 지도 30개월이 넘었다. 육아도 엄연한 일이다. 아무도 알아주지 않는 극한 노동이다. 육아도 잘 하기 위해서는 아이에 대해 잘 기록해놔야 한다. 특히 신생아 때는 하루에 똥을 몇 번 쌌는지, 분유와 모유를 언제 얼마나 먹었는지, 잠은 얼마나 잤는지를 기록해 두면 육아에 큰 도움이 된다.

한 번은 너무 피곤하고 귀찮아서 적어놓지 않고 그냥 넘겼을 때가 있었다. 아이가 갑자기 분수 토를 하기 시작했다. 내가 잠시 자리를 비웠을 때, 아이가 분유를 먹지 않아 아내가 억지로 입에 젖꼭지를 물린 탓이다. 메모의 부재가 낳은 결과였다.

일의 성과를 내며 산다는 것은 뿌듯한 일이다. 이것처럼 보람 된 것도 없다. 자신감도 생기고, 자신의 살아있음을 느낀다. 어떤 곳에서든 일의 성과를 내고 싶은가. 정말 간절히 원하는가. 다이어리를 사서 자신에게 일어나는 모든 일을 기록하라.

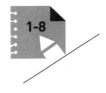

1-8

평범이 모이면 비범이 된다

'당신은 핸드폰 문자 하나의 가격이 얼마라고 생각하는가?'

'20원?'

'30원?'

아내와 연애 때 사귀다가 한 번 헤어진 적이 있다. 전날에 데이트를 마치고 집으로 잘 데려다줬다. 다음 날 저녁에 이별 통보를 받았다. 황당했다. 내가 뭘 잘못한 것인지 도통 감이 잡히지 않았다. 내게 이별은 쓴 아픔이었다.

누구나 그렇듯 이별을 하면 핸드폰을 붙들고 상대방의 연락을 기다리게 된다. 나 역시 그랬다. 혹시나 마음이 바뀌어서 연락이 오지 않을까. 울리지도 않는 핸드폰 액정화면 버튼을 누르고 또 눌러본다. 보이는 건 투박한 나의 배경화면뿐이었다.

하루 이틀이 지나니 어떤 내용이라도 상관없었다. 아내에게 문자 한 통 받고 싶었다. '오빠'라는 두 글자여도 상관이 없었고, 점 하나만 찍어서 보내줘도 상관없었다. 오매불망 기다렸다. 일주일이 지났을 때쯤, 내가 지금까지 모아놓은 돈 전부와 아내의 문자 한 통과 바꿀 수도 있을 거 같았다. 아니 대출을 받아서라도 얼마든지 돈을 지불할 수 있을 거 같았다. 그만큼 간절했다. 연애 때는 아무 생각 없이 주고받던 문자 하나의 가격이, 이별하고 기하급수적으로 올라간 것이다. 그 당시 아내의 문자 한 통의 가치는 내게 그 무엇과도 바꿀 수 없는 최고가의 가치였다.

세상에는 평범한 것이란 없다. 당연한 것도 없다. 어떤 것이든 그 존재 자체는 다 훌륭하고 위대하다. 모두가 특별하다. 하지만 우리는 잊고 산다. 잃어봐야 깨닫는다. 당연하게 생각했던 아내의 존재와 아내의 문자 한 통은, 사실 그 무엇과도 바꿀 수 없는 가치였던 것이었다.

메모도 쓸데없는 메모란 없다. 내가 가격을 매기기 나름이다. 누가 무엇을 쓰든 그 메모는 가치가 있고, 훌륭하다. 갈겨쓰던, 내용이 부실하던, 엄한 곳에 적었던 그 메모는 충분히 의미가 있고 소중하다.

재미있는 일화가 있다. 1965년에 발매된 명곡, 밥 딜런의 '라이크 어 롤링스톤(Like a Rolling Stone)의 친필 가사 메모지가 경매로 2백만 달러에 팔렸다고 한다. 밥 딜런이 투어 중 워싱턴DC에 있는 로저 스미스 호텔 메모지에 받아 적은 것이었다. 그 당시 떠오르는 영감을 손에 잡히는 곳에 적어놓은 것뿐인데, 이렇게 고액의 가치가 될지 누가 알았겠는가.

또 벤처기업이 밀집되어 있는 미국의 실리콘밸리 주변 식당에 가보면 메뉴판이 뜯겨 나간 모습이 많이 보인다고 한다. 이유는 손님들이 떠오르는 생각이나 아이디어를 냅킨이나 메뉴판에 적어서 찢어갔기 때문이다.

평범한 일상의 메모 한 장이 어떻게 바뀔지 아무도 모른다. 메모를 통해 좋은 결과를 얻기 위해서는 우선 써야 한다.

3년 전부터 다시 일기를 쓰기 시작했다. 다른 건 몰라도 일기만큼은 하루도 빼먹지 않고 꼬박꼬박 쓴다. 당직 근무가 있는 날이면 일기장을 가져가 근무하며 쓴다. 그 칠흑 같은 새벽에 일기를 쓰는 맛은 안 써본 사람은 모른다. 감성이 배가 된다. 가족과 여행을 갈 때도 꼭 일기장을 들고 간다. 일기는 내 인생에 빼놓을 수 없는 좋은 친구가 되었다.

일기를 쓰는 이유는 여러 가지가 있다.

첫 번째, 하루를 정리하며 나를 돌아볼 수 있다. 모두 바쁘게 살아간다. 열심히는 살고 있지만, 대부분의 사람들은 내가 오늘 뭘 하며 사는지 잘 모른다. 분명 누구와 밥을 먹었고, 무슨 일을 했고, 어떤 결과가 있었는데 다음 날 생각해보면 쉽게 잘 떠오르지 않는다. 일기를 쓰면 하루가 정리된다. 객관적으로 내가 잘하고 못한 점이 일기를 쓰며 체크가 된다. 차근차근 아침부터 자신을 돌아보며 일기를 통해 기록하면 내 삶이 옷장에 차곡차곡 잘 정돈되는 느낌이다. 기분이 좋아진다.

두 번째, 스트레스가 풀린다. 직장인 대부분이 스트레스 속에서 살아간다. 이건 어쩔 수 없는 현실이다. 일기는 나만의 공간이다. 아내도 보지 않는다. 볼 수 있어도 보지 말라고 부탁했다. 내가 하고 싶은 말을 막 쓸 수 있다. 누군가를 욕할 수도 있다. 남에게 하지 못했던 말을 글로 표현할 수도 있다. 마음속에 들쑤셔져 있던 미세먼지들을 가라앉히며 다시 나를 원점으로 되돌릴 수 있다. 이 작업은 현대인이라면 꼭 해야 하는 작업이다.

세 번째, 계획을 잡을 수 있다. 우리는 많은 약속과 계획을 잡으며 살아간다. 잘 기억하고 있다고 해도 잊어버리기 일쑤다. 자신의 삶을 보지 않으면 다음 계획을 잡을 때 제대로 된 선택을 할 수 없게 된다. 감정에 치우친 계획을 잡을 뿐이다. 일기를 쓰면 현재 자신의 위치를 정확히 볼 수 있다. 현실적이고 현명한 선택을 하게 된다. 좋은 계획이 좋은 하루를 만든다. 그 하루가 쌓여 좋은 인생이 되는 것이다.

이 밖에도 다양한 이유와 장점이 있다. 그중에서도 일기의 가장 큰 매력은 먼 훗날 나의 자서전이 된다는 것이다. 나는 아직 젊은 나이지만 언젠가는 이 세상을 떠날 날이 올 것이다. 꼭 위인전 같은 대중적인 기록물이 아니더라도, 내 주변인들에게 '나는 이렇게 살아왔다.' 라는 기록물로 남게 될 것이다. 기록하지 않으면 그가 어떤 인생을 살아왔는지 모른다. 심지어 가족도 잘 모른다. 아름아름 알 뿐이다.

이렇게 매일 일기를 쓰고, 메모를 하면 자신에게 돌아오는 혜택이 많다. 내 인생이 중요한 의미를 갖게 되고 값진 가치가 된다.
내가 가장 좋아하는 문장 중에 '누구나 할 수 있는 일을 꾸준히 하면 아무나 할 수 없는 일이 된다.' 라는 문장이 있다. 내 블로그 대문에도 써 놨다. 아무리 생각해도 내가 쉽게 받아들일 수 있고, 공감할 수 있는 최고의 말이자 명언이다.

나는 뛰어난 사람이 아니다. 누구나 할 수 있는 일만 찾아다닌다. 누구나 할 수 있는 일을 꾸준히 하면 아무나 할 수 없는 일이 된다는 것이 내겐 큰 도전이 되었다. 누구나 할 수 있는 메모나 일기 쓰기, 독서를 꾸준히 하고 있다. 운동도 팔굽혀펴기와 턱걸이만 한다. 많은 양도 아니다. 내게 주어진 시간에 조금씩 할 뿐이다. 일기도 한 줄 쓸 때도 있고, 독서도 한 장 읽을 때도 많다. 수년을 꾸준히 하다 보니 힘이 붙었다. 남들이 인정해 주고, 방법을 내게 물어볼 정도로 영향력을 줄 수 있는 사람이 되었다.

좋은 가치는 다른 게 아니다. 평범한 일상이 내 가치이다. 그 가치들이 쌓이고 쌓이면 더 큰 가치가 된다. 일상을 쌓는 가장 좋은 방법은 기록만한 것이 없다.

"미래에 나의 삶이 어떤 모습인지 알고 싶다면 오늘 우리가 하고 있는 선택들을 살펴보면 된다." 어느 작가의 말이다.

우린 모두 미래를 준비하며 산다. 그 미래를 볼 수 있는 방법은 지금 내가 하고 있는 일이 곧 자신의 미래이다. 생각에만 머물러 있는 것이 미래가 아니다. 행동으로 옮기고 있는 그 무언가가 바로 자신이고 자신의 미래이다.

앞서 이야기한 밥 딜런의 호텔 안에서의 메모는 훗날 엄청난 가치를 만들어냈다. 그가 우연히 가사를 한 장 썼는데 그 한 장으로 빛을 바란 것이 아니다. 그 메모는 꾸준히 써온 수 없이 많은 메모 중에 한 장이었다.

물론 나 역시 시간을 투자해 매일 메모를 하고 일기를 쓴다는 것이 고통스러울 때도 있다. 하지만 작은 고통을 반복적으로 선택하면 큰 즐거움이 되어 날아온다. 반대로 작은 즐거움을 반복적으로 선택하면 큰 고통을 가져다준다.

멋진 미래를 만들고 싶은가. 보다 나은 미래를 만들고 싶은가. 자신의 일상과 지금 자신의 머릿속에 있는 것들을 도저히 손댈 수 없을 정도로 뜨겁고 싱싱할 때 써버려라. 지극히 평범하고 별 것 아닌 당신의 일상들이 모이면, 그 누구도 건드릴 수 없는 비범한 인생이 될 것이다.

제 2 장

기록은 행동을
지배한다

기억이 아닌 메모를 믿어라

아내는 첫째 아이를 낳고 딸을 키우며 갖은 고생을 다했다. 눈물까지 흘리며 내게 말했다.

"앞으로 절대 둘째 아이는 낳지 않을 거야!!"

그런 아내가 둘째 아이가 갖고 싶다고 했다. 하루라도 아이를 빨리 보고 싶은 마음에 걷기운동도 열심히 했다. 낳으면 또 고생할 것을 알면서도 태교도 하고 운동도 치열하게 했다. 이건 다 기억하지 못하는 데에서 나온 모습이다.

사람은 망각의 존재다. 아무리 기억하려고 애쓰고 애써도 잊어버리고 또 잊어버린다. 때로는 신이 원망스러울 때도 있다. 사람을 왜 이리도 잘 잊어버리게 만드셨을까. 한 편으론 전부 기억나는 것도 고통스러울 것 같다는 생각이 든다. 살면서 기억하고 싶지 않고 잊어버리고 싶은 것도 있다. 기억이 전부 복원된다면 그것 또한 큰 고통일 것이다.

그렇다면 기억하고 싶은 것만 기억하며 살 수는 없을까. 방법이 있다. 그것은 바로 메모이다. 사람은 웬만한 것은 다 잊고 산다. 어렸을 때의 추억도, 내게 좋았던 사람들도, 열심히 공부한 것도, 내게 유익했던 모든 것들 하나하나가 잘 기억나지 않는다. 어렴풋이 기억날 뿐이다. 하지만 기억하고 싶은 것을 종이에 기록한다면 그 기록은 절대 잊히지 않는다. 글을 쓰는 행위는 시신경과 운동 근육까지 동원되는 일이기 때문에 뇌리에 더 강하게 각인된다. 결국 손을 움직여야 몸이 움직이게 된다. 기록을 하며 살아야 궁극적으로 우리의 삶이 변화가 된다.

링컨은 모자 속에 항상 종이와 연필을 넣고 다녔다. 길을 가다가도 갑자기 떠오르는 생각이나, 사람들이 해주는 말을 즉시 기록했다. 가난한 형편 때문에 정규 학교에 다니지 못했다. 그러나 그의 메모 습관은 미국의 역사를 뒤흔드는 데 큰 역할을 했다.

세계 최고의 천재적 예술가 레오나르도 다빈치도 메모에 두 번째 가라면 서러울 정도다. 약 30년이라는 예술 활동 기간 동안 수천 장이 넘는 메모를 남겼다. 메모는 이렇게 훌륭한 사람을 만드는 멋진 도구이다.

그렇다면 메모는 어떠한 힘으로 훌륭한 사람을 만드는 것일까. 메모가 좋다는 건 알겠는데, 과연 구체적으로 메모의 어느 부분이 훌륭한 사람을 만드는데 작용하는 것일까. 책을 쓰다 보니 그 진의를 확실히 깨닫게 되었다.

책을 한 권 쓰기 위해서는 많은 글감이 필요하다. 노트북을 켜고 엉덩이를 책상 의자에 붙어 앉아 있다고 해서 글이 써지는 것은 아니다. 수많은 정보를 잘 엮어야 책 한 권이 만들어진다.

기억력도 한계가 있다. 나의 경험과 읽었던 책들과 지식들이 잘 떠오르지 않는다. 메모해 놓은 것을 보면 메모한 정보뿐만이 아니라, 그 메모들이 머릿속에서 움직이며 뇌에 자극을 주기 시작한다. 다양하고 좋은 내용들이 머릿속에 떠오른다.

'내가 어떻게 이런 생각을 하게 되었지?'

'내가 어떻게 이런 생각을 하고 있는 거지?'

메모는 뇌에게 기발한 생각들을 자꾸자꾸 물어다 준다.

갖가지의 많고 좋은 음식 재료들을 큰 양푼에 담아 썩썩 비비면 맛있는 비빔밥이 된다. 이처럼 수많은 메모들이 섞이면 전혀 생각지 못한 발상들을 가져다준다. 그것이 창의력이고, 자신만의 독창성이다.

사람들은 새로운 것에 열광한다. 자신에게 유익이 되는 것을 좋아한다. 메모를 하면 남이 생각하지 못하는 새로운 것을 생각할 수 있게 된다. 더불어 남에게 유익이 되는 콘텐츠들이 머릿속에서 쏟아지게 된다. 이것이 바로 메모가 가진 가장 큰 힘이다.

메모를 하지 않았을 때는 우선 인생이 재미가 없었다. 많은 것을 누리며 살고 있었지만, 재미와는 별개였다. 음악가 남궁 연이 이런 말을 했다. "요즘 젊은이들은 느낌표만 있는 삶을 살고 있다." 그 어떤 것에도 질문이 없고, 자신의 인생에 대해 진지하게 고민을 하지 않으며 살아간다는 말이다.

나 역시 그랬다. 반복되는 직장생활과 특별할 것 없는 삶의 패턴들. 누구보다 더 낫지도, 부족하지도 않은 평범한 일상의 연속이었다. 세상이 만들어 놓은 것을 열심히 소비만 하는 삶. 밖으로 표출하는 것을 좋아하는 내 성격과는 전혀 맞지 않는 지루한 하루하루였다.

메모를 하고 부터는 내 인생이 180도 달라지기 시작했다. 질문은 머리가 좋은 사람들이나 하는 거라 생각했다. 아는 것이 있어야 질문도 할 것 아닌가. 집중력이 약해 아는 것이 별로 없었던 나는, 질문이 나오려야 나올 수가 없었다.

메모를 하며 사람들의 이야기를 듣고 메모를 하며 일을 하니까, 여백이 보이고 관련하여 질문이 생겼다.

'이렇게 하면 더 좋지 않을까?'

'저건 좀 아닌 거 같은데?'

메모를 하니 내 생각을 이야기할 기회가 생겼다. 내가 생각한 것으로 주변을 바꾸는 일도 심심치 않게 보게 되었다. 조금씩 자신감이 붙었다. 내 생각이 현실로 일어날 때처럼 기쁜 것도 없다.

또 메모를 수집하면 취미 활동을 하고 있는 것 같은 착각이 든다. 어렸을 때 우표수집이 인기였다. 만화영화에서 나오는 카드나, 백 원짜리 동전을 한 개 넣고 돌리면 나오는 뽑기 장난감도 모으곤 했었다. 좁은 방에 진열해 놓으면 그렇게 뿌듯할 수가 없었다.

메모도 이와 같다. 내가 해놓은 메모는 곧 나의 우표이고, 뽑기 장난감이다. 메모를 해놓은 것들을 보고 있으면 세상을 다 가진 것만 같다. 이것이 내가 걸어온 길이고, 앞으로 내 삶 곳곳에 도움을 줄 자산이기 때문이다. 그래서 재밌다.

문화 심리학자 김정운은 "자신만의 것을 만드는 공부가 가장 재밌고,

행복하다."라고 말했다. 해보지 않은 사람은 모른다. 메모가 인생에 소소한 것처럼 보일 수 있다. 독서를 통해 내가 만든 생각을 메모하여 정리하고, 환경과 사물을 보며 내 생각을 정리해 놓는 일은 내 인생에 가장 실용적이고 가치 있는 공부방법이다.

사람은 못 믿어도 메모는 믿게 된다. 사람은 떠나도 내가 한 메모는 늘 곁에 있다. 인생을 재밌고 든든하게 살고 싶다면 자신에게 일어나는 모든 일들을 적어보라.

1캐럿의 다이아몬드를 생산하기 위해서는 반드시 거쳐야 하는 과정이 있다. 약 250톤 정도의 자갈과 바위를 깨야 한다. 이 정도의 자갈과 바위를 깨야 어렵게 1캐럿의 다이아몬드를 얻을 수 있다.

생각도 마찬가지다. 하루 24시간 동안 우리는 얼마나 많은 것들을 보고 들으며 살고 있는가. 그사이에 수많은 생각이 지나간다. 절대 기다려주는 법이 없다. 이슈들과 이벤트들을 잘 기록해놔야 한다. 이 기록들이 쌓이고 쌓였을 때 여기서 1캐럿의 다이아몬드와 같은 콘텐츠와 아이디어가 나오는 것이다.

남들보다 앞서 나가는 사람은 머리가 좋은 사람이 아니었다. 머리는 부족해도 메모하는 사람들이 어떤 분야에서든 각광을 받는다. 훌륭한 사람들은 하나같이 다 메모를 습관화 했다.

당신은 당신의 기억을 아직도 믿는가. 아니면 주변 사람들의 기억을 믿는가. "사람을 사랑하되, 믿지는 말라"라는 말이 있다. 오늘부터 자신을 인정하고 자신의 기록을 믿어보라. 기록은 반드시 사람의 기억을 이긴다.

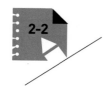

2-2

기록은 행동을 지배한다

초등학교 3학년 때 일이다. 나의 이름 석 자가 싫었다. 친구들이 내 이름을 가지고 놀렸기 때문이다. 태어났을 때 여자아이처럼 생겼다고 아버지가 지어준 이름이다. 커서도 여자의 모습일 거라고 생각하셨나. 아버지가 원망스러웠다. 내 이름에 콤플렉스를 갖게 되었다.

일기에 내 이름에 대한 하소연을 썼다.

'왜 내 이름은 김연진일까? 나는 내 이름이 싫다!!'

사춘기도 아니었는데 심각했다. 담임선생님에게라도 나의 마음을 털어놓고 싶었다.

등교하면 일기장을 제출했다. 수업을 마치고 집에 갈 때쯤, 담임선생님의 검사가 끝난 일기장을 반장이 챙겨줬다. 자기 전에 일기장을 폈다. 빨간 펜으로 담임선생님이 써준 글이 보였다. 그날은 유난히 선생님의 글이 길었다.

'연진아! 선생님은 우리 연진이의 이름이 너무 좋고 예쁘단다. 전혀 여자 이름 같지 않고, 연진이처럼 밝고 멋진 이름이라고 생각해. 너를 놀리는 친구들 너무 신경 쓰지 마. 선생님은 언제나 연진이를 응원할게. 파이팅!'

손 글씨로 또박또박 예쁘게 써주신 선생님의 글이 내 마음을 움직였다. 거짓말처럼 내 이름이 좋아지기 시작했다. 누군가의 말 한마디가 이렇게 인생을 변화시킬 수도 있구나! 라는 생각을 했다.

누구에게나 '계기' 라는 것이 있다. 어떤 일이 일어나거나 변화하도록 만드는 결정적인 기회가 그것이다. 담임선생님은 내게 계기를 만들어주셨다. 계기는 일부러 되는 것이 아니다. 마른하늘에 날벼락처럼 생각지 않게 다가오는 것이 계기이다. 그렇게 다가와야 마음이 움직인다. 그럼 행동도 변화가 된다.

교도소 안에 수용자들은 편지를 통하여 외부와 소통을 한다. 손편지와 전혀 상관없던 사람도 교도소만 들어오면 편지를 쓴다. 신기하

둔한 머리가 총명한 머리를 이긴다

다. 나는 4년 전에 수용자들의 서신검열을 하는 업무를 했었다. 편지지를 5장 이상도 쓰는 수용자를 봤다. 뭐가 그리 쓸 내용이 많은지. 매일 똑같은 일상이 돌아가는데도 쓸 내용이 많은가 보다.

TV 시청을 밤 9시에 마치면 이부자리를 펴고 각자 조용히 편지를 쓴다. 글은 여유가 있을 때 보다 마음이 힘들 때 더 잘 써지는 거 같다.

가끔씩 직원인 내게도 편지를 써서 준다. 감사하다는 내용의 편지다. 편지를 받으면 꼭 답장을 한다. 나의 서툰 편지내용이 '혹여나 부스럼을 주지나 않을까' 하는 생각에 쓰고 나서 검토하고 또 검토한다.

서로 편지를 주고받으면서 내 삶이 변하는 것을 본다. 편지를 통하여 그들의 스토리를 들으면 내가 고민하고 힘든 건 아무것도 아니라는 생각이 들기 때문이다. 내가 그들을 위로해줘야 하는데, 반대로 내가 위로를 받는다. 이것도 글을 쓰는 과정 중에 생기는 일이다. 글을 쓰면 누군가의 글을 읽을 기회가 생긴다. 그 글들이 내 삶을 바꿔놓는 것이다.

딸이 태어났을 때부터 육아일기를 쓰기 시작했다. 남자가 육아일기를 쓴다는 것이 웃기다. 하나라도 놓치고 싶지 않은 아빠의 마음이다. 아내가 산통이 올 때도 열심히 기록을 했다. 새벽 4시 20분에 병원으로 이동해 가족 분만실로 들어갔다. 애타는 나의 마음과 아내의 처절한 몸부림 끝에 오전 10시 30분에 딸이 세상 밖으로 나왔다. 그 후로 나는 딸의 특별한 변화가 있을 때마다 기록을 해놓는다.

육아일기는 나중에 딸에게 보여주려고 쓰는 것이다. 독자가 내 딸이다. 자신의 어렸을 때 모습을 글로 볼 수 있다면 얼마나 행복하겠는가. 딸이 내 기록을 보고 웃었으면 하는 마음으로 쓴다. 사랑하는 나의 딸이 읽을 글을 쓰려니, 조금 긴장이 되기도 한다.

글을 잘 쓰기 위해서는 잘 살아야 한다. 모난 아빠의 모습을 보여주지 않기 위해서는 하루하루를 잘 살아야 한다. 꾸며서 쓰는 일기는 의미가 없다. 또 행동이 바뀐다. 좋은 내용의 일기를 쓰기 위해서는 충실하고 성실한 삶을 살아야 한다. 나중에 딸이 비웃으면 아빠로서 자존심이 무너질 거 같아서다.

기록은 행동을 지배한다. 기록하면 나에 대해 깊이 생각할 수 있다. 나 자신을 보는 방법은 여러 가지가 있다. 거울을 통해서 보는 방법, 사진과 영상을 통해서 보는 방법, 그리고 마지막으로 글을 통해서 보는 방법이다. 글을 통해서 보면 자신을 깊이 들여다볼 수 있다. 겉으로만은 알 수 없는, 내면에 사는 자신의 모습과 생각까지도 엿볼 수 있게 된다. 행동은 생각이 바뀔 때 변화가 된다. 생각의 움직임이 있을 때 행동은 움직이게 되어있다. 기록을 통하여 자신의 내면과 생각을 보는 일은 대단히 중요하다.

《하버드대 글쓰기 수업》저자 로저 로젠블랫은 "위대한 작가들의 영혼이 위대한 것은 그들의 펜이 종이에 닿기 전에 자신의 영혼을 해부할 용기와 의식이 있었기 때문이다."라고 했다. 내 안의 나를 마주하고, 나를 있는 그대로 인정하며 기록을 하면 온전한 나를 만나게 된다.

신입 수용자들이 처음에 교도소에 입소하면 매우 힘들어한다. 재판을 받은 지 얼마 되지 않은 상태라 더 그렇다. 기초인성교육이라는 프로그램이 있다. 신입 수용자는 이 교육을 필수로 받게 되어 있다.

이 프로그램 안에는 '힐링 글쓰기' 라는 수업이 있다. 지나간 자신의 잘못과 실수들, 과거의 모습을 펜과 종이를 주고 적게 하는 것이다. 처음에는 우물쭈물 주위를 살피며 적지 못한다. 넉넉하게 시간을 주면 조금씩 적어 내려간다. 다 적고 나면 한 사람씩 앞으로 나와 발표를 시킨다. 남들 앞에서 자신의 잘못을 얘기한다는 건 쉬운 일은 아니다. 그러나 자신의 이야기를 누군가 들어줬으면 하는 마음에 용기를 내어 발표를 한다.

발표를 하며 눈물을 흘리는 수용자가 제법 많다. 과거를 기록하고 말함으로 자신의 모습을 보게 되는 것이다. 누구나 미래를 보며 살지, 과거를 보며 살지는 않는다. 수용자는 대체로 더 그렇다. 지나간 자신의 모습에 소홀했던 것이다. 반성을 한다. 다시는 그런 삶을 살지 않겠다며 잘못을 뉘우친다. 자신이 기록을 하고 그 기록을 입으로 말하면서 미래의 행동에 주문을 걸고 있는 것이다.

소크라테스는 "반성하지 않는 삶은 살 가치가 없다."라고 말했다. 기록은 나를 돌아보게 해주는 힘이 있다. 기록하면 자신의 삶을 반성하게 된다. 수정하기도 쉬워진다. 더 나은 나의 모습으로 바꿔준다.

뭐든 보는 게 중요하다. "백 번 듣는 것보다 한 번 보는 게 더 낫다."라고 했다. 기록을 통하여 나 자신을 보는 것은 더없이 중요하다. 일기를 쓰거나, 누군가에게 편지를 쓰는 일, 나에 대해서 써보는 일. 모든 기록은 행동을 바꾸게 한다. 기록은 절대 배신하지 않는다.

자신의 변하고 싶은 모습이 있는가. 지금부터라도 조금씩 적어보라. 반드시 그 기록이 당신의 행동을 지배하고 인생 전체를 지배하게 될 것이다.

둔한 머리가 총명한 머리를 이긴다

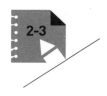

2-3

악필일수록 기록하라

"우와! 또 100점이다!"

　　　　나는 초등학교 1학년 때 '받아쓰기 시험'을 잘 했다. 부모님에게 유일한 나의 자랑이었다. 어머니는 이런 나를 칭찬해주셨다. 또 칭찬받고 싶어서 받아쓰기만큼은 집중해서 열심히 했던 기억이 난다.

　그 당시 글씨 연습 공책이 있었다. 친구들은 하나같이 그 공책에 글씨 연습을 했다. 네모난 상자 안에 한 글자씩 욱여넣었다.

　'왜 꼭 여기 안에 글씨를 넣어야 하는 거지?'

　내가 쓰면 늘 상자 밖으로 삐져나왔다. 내 적성에 맞지 않았다. 가르쳐 주는 대로만 따라 쓰다 보니 '글씨의 정석'이라도 있는 것처럼 글씨도 다 비슷했다. 나는 막 갈겨썼다. 글씨 잘 쓰는 시험도 없으니, 굳이 잘 쓸 이유는 없었다. 받아쓰기는 잘 했지만, 글씨는 악필이었다.

메모는 글씨 잘 쓰는 것과 전혀 상관이 없다. 자신이 알아볼 수 있기만 하면 된다. 메모가 가지고 있는 힘은, 글씨 자체보다 그 안에 담겨 있는 콘텐츠이기 때문이다. 자신만 알아볼 수 있다면 그 메모는 아주 훌륭한 메모이다.

내 동생은 유난히 글씨가 악필이다. 사람들이 못 알아볼 정도다. 어렸을 때는 이해했다. 성인이 되어서까지 초등학생 수준의 글씨체였다. 걱정되었다.

심각하게 동생에게 한마디 했다.

"태진아, 너 글씨 연습 좀 해야 하지 않을까?"

동생은 유유한 표정과 목소리로 내게 말 했다.

"나는 글씨체를 바꿀 생각이 없어. 나는 내 글씨체가 좋아."

충격적이었다.

'저렇게 지렁이가 기어가는 글씨체가 좋다니…'

자기애가 심각하게 강한 거 같았다.

동생은 현재 작가로 활동하고 있다. 자신의 책을 쓰고 컨설팅과 강연, 세미나 등을 통해 수익을 창출하고 있는 1인 지식 창업가다. 자신이 쓴 책에 친필 사인과 응원의 글귀를 써서 남들에게 준다. 글씨만 보면 별로 받고 싶지 않다. 하지만 동생은 당당하게 준다. 어느 순간 그 모습이 멋있어 보였다. 자신이 가지고 있는 글씨체를 부끄러워하지 않았다. 오히려 좋아하며 살아가는 모습이 프로처럼 보이기까지 했다.

요즘은 손 글씨를 쓸 일이 많지 않다. 대부분 컴퓨터로 수업을 한다. 숙제와 과제도 컴퓨터로 한다. 시대가 흐를수록 손 글씨는 인기가 없어지고 있다. 사람들은 손 글씨 쓰는 것을 두려워한다. 남에게 자신의 글씨를 보여주는 것을 부끄러워한다. 메모 역시 손으로 하는 행위이다. 자신의 글씨체 때문에 사람들은 메모하는 것을 힘들어하는 거 같다.

학창시절 때, 여학생들끼리 손편지를 자주 주고받는 모습을 봤다. 펜도 색깔별로 여러 개 사서 필통에 넣고 다녔다. 이 색깔 저 색깔 바꿔가며 예쁘게 손편지를 쓴다. 심지어 글씨체가 2~3개 되는 여학생들도 있었다. 그때그때의 상황마다 글씨체가 달랐다. 아마 그 당시 여학생들에게 유행이었던 거 같다. 많이 써봐서인지 여자들은 대체로 손 글씨를 잘 쓴다.

글씨를 못 쓰는 건 절대 창피한 일이 아니다. 많이 안 써보면 당연히 못 쓸 수밖에 없다. 관심이 없을 뿐이다. 나 자신이 못난 것은 아니다. 메모와 글도 자주 쓰다 보면 손 글씨를 잘 쓰고 싶은 욕심이 생긴다.

심한 악필까지는 아니었지만, 나 역시 글씨를 못 쓰는 편이었다. 메모하다 보니 손 글씨의 관심이 생기기 시작했다. 길을 가다가도 손 글씨가 쓰여 있으면 시선이 머물렀다.

수용자들의 서신을 검열하고 나눠주는 업무를 약 2년 정도 했다. 수용자들의 오고 가는 편지들은 그들의 프라이버시이기 때문에 내용을 읽어서는 안 된다. 자연스럽게 글씨체는 볼 수 있었다. 편지봉투 안에 칼이나 담배 같은 불법 내용물들이 들어있는지 확인해야 하기 때문이다.

정갈하게 잘 쓴 글씨는 내 시선을 사로잡았다. 확실히 글씨를 잘 쓰면 그 사람을 다시 보게 된다. 손 글씨의 매력을 느꼈다. 그때부터 내가 마음에 드는 글씨체를 정해서 연습하기 시작했다. 생각보다 쉽지는 않았다. 손 글씨도 결국 자신이 그동안 만들어 놓은 손 근육과 습관으로 하는 것이었다. 쉽게 고쳐지지는 않았다.

연애 때 아내에게 손편지를 자주 써 줬다. 연애편지로 점수를 따기 위해서다. 부단한 노력 끝에 예전보다 글씨를 잘 쓰게 되었다. 지금은 주위에서 남자치고 글씨를 잘 쓴다는 칭찬을 종종 듣는다.

다시 한번 말하지만, 메모는 글씨를 잘 쓰는 것과 전혀 상관이 없다. 잘 쓸 필요도 없다. 그러나 기록과 메모에 관심을 갖게 되면 손글씨를 잘 쓰고 싶은 욕구가 밀려온다. 내가 그랬던 것처럼 말이다. 우선 써야 한다. 종이와 펜을 들고 기록을 해봐야 다음 단계도 나아갈 수 있다. 메모는 이처럼 많은 것을 선물해주고 연결해주는 좋은 도구이다.

스케치나 악보를 그리는 방식으로 메모를 하는 사람들도 있다. 예술을 하는 사람들에게 메모는 필수다. 순간의 영감을 잘 기록해놔야 멋진 예술작품을 만들 수 있기 때문이다.

이노디자인의 김영세 회장은 메모광이다. 비행기나 식당에서 냅킨에 메모를 하는 사람으로 유명하다. 떠오르는 아이디어가 사라지기 전에 그는 냅킨에 빠르게 스케치를 한다. 우리가 너무 잘 알고 있는 음악가 베토벤 역시 그가 평소에 틈틈이 한 메모로 세계적인 위인이 되었다. 혹여나 메모지가 손에 없을 때는 마차를 타고 가다가도 내려서 땅에 악보를 그렸다고 한다. 그리고 바로 종이를 가져와서 베껴 적었다.

메모는 이처럼 도구와 장소에 상관없이 이루어진다. 내가 잡는 것이 다 펜과 종이가 된다. 내가 있는 곳이 메모하는 장소가 되는 것이다.

60~70년대에 대한민국은 먹고 살기도 힘들었다. 당시는 서양의 문화를 받아들이고 그들의 지식을 배워야 이 지겨운 현실에서 벗어날 수 있었다. 그때는 아는 것이 힘이었다. 그러나 지금은 잘 찾는 것이 힘이다. 넘쳐나는 정보들이 인터넷 세상에서 엄청나게 빠른 속도로 떠돌아다닌다. 누가 먼저 빠르게 찾느냐가 힘이고 능력이다.

예나 지금이나 변하지 않는 것이 있다. 그것은 메모하는 것이 힘이라는 것이다. 기억하는 뇌는 머리에 있지만, 기록하는 뇌는 손끝에 있다.

"뚜렷한 기억력보다 희미한 연필 자국이 더 오래간다." 작가 이창현이 그랬다.

희미해도 남아있기만 하면 된다. 글씨를 못 써도 눈에 보이기만 하면 좋은 메모다. 남기는 것으로 시작해서 남기는 것으로 끝나는 것이 메모다. 남기면 아주 볼품없는 씨라도 거기에 싹이 나고 잎이 나고 열매가 맺힌다.

세상은 결국 사람의 마음을 움직이는데 모든 것이 존재한다 해도 과언이 아니다. 장사를 해도 고객의 마음을 움직여야 물건을 팔 수 있다. 학생들은 교수님의 마음을 움직여야 좋은 평가를 받을 수 있다. 남자는 여자의 마음을 움직여야 연애도 하고 결혼도 할 수 있다. 그 마음들을 움직이기 위해 뇌물도 바치고, 선물도 주고 하는 것이다.

당신은 어느 때 마음이 움직이는가.

당신은 어느 때 상대방의 말에 귀를 기울이게 되는가.

당신은 어느 때 그 사람의 주장과 논리에 고개를 끄덕이게 되는가.

손편지 이야기를 다시 하자면, 글씨를 잘 쓰는 것만으로는 사람의 마음이 절대 움직여지지 않는다. 글씨는 못 쓰더라도 그 안에 공감이 들어가 있고, 진정성이 들어가 있고, 땀과 노력이 들어가 있으면 사람의 마음은 움직인다. 그래서 여자들은 큰 선물보다 남자들의 진심이 담긴 손편지를 더 좋아하는 것이다.

메모는 진심이다. 내가 존재하고, 생각하고 있는 것을 꾸미지 않고 쓰는 것이 메모이다. 책이나 영화에 있는 내용들을 베껴서 쓰면 언젠가는 들통나게 되어있다. 뭐든 솔직한 것이 좋다.

악필이라도 자신의 있는 모습 그대로 써라. 내 현실에 맞는 것을 찾아, 내가 그동안 만들어 놓은 근육으로 기록하라. 그 기록이 자연스럽고 좋은 메모를 만든다. 솔직한 자신의 모습으로 써 내려 가라. 악필은 메모와 전혀 상관이 없다는 것을 명심하라.

메모는 강도가 아니라 빈도이다

결혼하고 신혼 때는 아내와 종종 영화를 보러 다녔다. 딸이 태어나고부터는 여간해서 영화를 보러 갈 시간이 나지 않았다. 딸이 태어난 지 10개월이 되었을 무렵, 처갓집 장모님께 딸을 맡기고 오랜만에 영화를 보러 갔다.

우리가 본 영화 제목은 이병헌 주연의 '그것만이 내 세상'. 큰 기대를 하지 않고 갔다. 생각보다 재밌었다. 영화를 보는 도중 놀라운 장면을 보게 되었다. '박정민'이라는 신인 배우가 피아노 천재인 서번트 증후군 역을 맡았다. 그는 연기도 연기지만 피아노 실력이 장난이 아니었다. 보통 악기를 다루거나, 위험한 장면을 촬영할 때는 대역을 많이 쓴다. 박정민은 대역을 쓰지 않고 직접 연주를 했다. 연주 실력이 웬만한 프로들 뺨 칠 정도였다.

영화를 보고 나오면서 대번에 핸드폰을 들고 박정민이라는 배우를 검색했다. 박정민은 이 영화를 만나기 전까지 악보도 볼 줄 몰랐다고 한다. 심지어 '도레미'가 어디 있는지도 모르는 음악과 무관한 사람이었다. 영화 촬영을 앞두고 6개월 동안 하루도 빠지지 않고 매일 6시간씩 피아노연습을 했다고 한다. 그 연습이 이뤄낸 엄청난 결과였다. 감탄이 절로 나왔다.

이처럼 반복은 엄청난 힘을 가지고 있다. 작은 물방울이 계속해서 떨어지면 바위도 뚫는다. 아주 작은 것이라도 멈추지 않고 지속하면 누구도 예측하지 못한 어마어마한 결과가 만들어진다.

사람들은 메모의 중요성을 너무나 잘 알고 있다. 메모를 처음부터 잘 하려고 하다 보니 시작조차 못 하는 사람이 많다. 무엇을 적어야 할지, 어디다 적어야 할지 망설인다. 글도 잘 써야겠다고 생각하면 평생 못 쓴다. 무작정 많이 쓰는 사람이 잘 쓴다. 뭐든 힘을 빼고 조금씩 하다 보면 언젠가는 잘 하게 되어있다.

나는 어려서부터 부모님께 꾸준하지 못하다는 말을 많이 들었다. 이것저것 관심은 많았다. 관심만 많고 제대로 하는 건 아무것도 없었다. 한 가지를 진득하게 하지 못했다. 피아노, 미술, 통기타, 태권도, 영어, 일어, 한자, 수학, 컴퓨터 등 많은 것을 가르쳐 주셨다. 2개월도 채 가지 못했다. 공부에도 관심이 없었다. 그렇다고 놀기라도 잘 해야 하는데 그런 것도 아니었다.

성인이 돼서도 똑같았다. 주위 친구들은 자신의 전공을 살려서 직장생활도 하고, 대학원도 다니고, 유학도 갔다. 나는 관심 있는 것이 없었다. 관심이 생겨도 열정이 오래가지를 못했다. 그때 수업시간에 교수님이 이런 말씀을 해주셨다.

"근면과 성실도 재능의 하나다."

와 닿았다. 특별히 잘 하는 것도, 관심 있는 것도 없었지만 근면과 성실함으로 승부를 내야겠다고 생각했다.

나는 오랫동안 고민하다가 지치지 않고 꾸준히 할 수 있는 것을 찾았다. 인터넷 블로그에 내 생각들을 기록하는 것이었다. 누군가에게 보여주려고 한 것은 아니었다. 그냥 생각 정리 용도였다. 많은 양은 자신 없었다. 조금씩 매일 쓸 뿐이었다.

대학생 때 글쓰기 대회가 있었다. 예전 같으면 나와 전혀 상관없는 일이라 생각했을 것이다. 나도 모르게 관심이 갔다. 주제에 맞게 써서 제출했다. 얼마 후 내 핸드폰으로 연락이 왔다. 내가 쓴 글이 너무 좋다고 했다. 학교 신문에 발행해도 되겠느냐고 내게 물어봤다.

당황스럽기는 했지만 좋다고 했다. 내가 지금까지 받아 본 상은 초등학교 때 받아쓰기와 운동 관련 상밖에 없었다. 성인이 되어 객관적으로 인정을 받은 건 처음이었다. 기억력도 약하고 의지력도 없던 내가, 작은 성과였지만 무언가를 이루니 자신감이 생겼다.

사람들은 무언가를 시작하려고 하면 엄청난 결과를 먼저 생각하기 때문에 시작도 하지 못한다. 나도 그랬으니까. 하지만 작은 것들이 모여 그것이 탄력을 받으면 생각지 않은 일들이 일어나게 된다. 자연은 공식에 의해 움직인다. 그러나 인간은 누구도 공식에 의해 움직이지 않는다. 그래서 인간은 신비롭다. 아주 작은 것을 시작하고 그것을 지속적으로 반복하다 보면 전혀 다른 세상이 기다리고 있다.

"우공이산(愚公移山)"이라는 고사성어를 좋아한다.
'우공'이라는 아흔 살 된 노인이 살고 있었다. 집 앞에는 산이 가로막고 있어 다니는 길이 좁았다. 노인은 가족에게 힘을 합쳐 이 산을 옮기자고 말했다. 가족들은 반대했다. 노인은 뜻을 굽히지 않고 다음 날부터 가족들과 함께 산을 옮기기 시작했다. 노인은 아들과 손자와 열심히 흙을 지게에 담아 바다에 가져다 버렸다. 마을 사람들은 얘기했다.
"이제 멀지 않아 죽을 텐데 왜 그런 무모한 짓을 합니까?"

노인은 말했다.

"내가 죽으면 내 아들이, 아들이 죽으면 내 손자가 계속할 것이오. 그동안 산은 깎여가고 높아지지는 않을 테니 언젠가는 산이 옮겨지지 않겠소."

반복에는 장사가 없다. 메모를 잘 하는 방법은 무조건 해보는 수밖에 없다. 한 단어라도 한 글자라도 쓰는 것이 중요하다. 값싼 노트 한 권을 사라. 집에서 굴러다니는 펜을 자신의 곁에 둬라. 처음부터 다 갖춰서 시작하려고 하면 평생을 못 할 수도 있다.

메모는 많은 양을 쓰는 행위가 아니다. 메모는 말 그대로 자신의 기억을 돕기 위해 짤막하게 글로 남기는 것이다. 거창한 것을 쓰려고 하기 때문에 메모가 어렵게 느껴진다. 위에 글처럼 '우공'도 한 번에 산을 옮기려고 했다면 금방 지치고 말았을 것이다. 그는 금방 하려고 하지 않고 멀리 내다봤다. 빨리하는 것에 목표를 두지 않았다. 산을 옮기는 것에 목표를 뒀다. 조금씩 목표를 가지고 하다 보면 인간은 못 할 것이 없다. 언젠가는 반드시 이루게 되어있다.

수용자들이 좋아하는 것이 몇 가지 있다. 그중 하나가 바로 운동이다. 수용자들은 하루에 30분씩 운동장에서 운동을 한다. 체력단련도 하고 조깅도 하고 족구도 한다.

둔한 머리가 총명한 머리를 이긴다

갓 들어온 수용자와 수용 생활을 오래 한 수용자를 분별하는 방법이 있다. 그건 바로 수용자들의 족구 실력을 보면 된다. 그럼 확연히 알 수 있다. 교도소 안에 있는 시간이 곧 족구 실력이다. 속된말로 '개발' 이었던 수용자도 수용 생활을 몇 년 하면 족구 실력이 프로선수 뺨친다. 매일 조금씩 연습한 결과이다.

메모도 이와 같다. "못난 몽당연필이 아인슈타인의 머리보다 낫다." 라는 말이 있다. 몽당연필이 될 정도로 종이에 적고 또 적으면 아인슈타인 부럽지 않은 영향력 있는 사람이 될 수 있다.

내가 가장 좋아했던 홍콩 배우 이소룡은 "나는 만 가지 킥을 연습한 사람은 두렵지 않다. 하지만 한 가지 킥을 만 번 연습한 사람은 두렵다." 라고 말했다.

요즘 사람들은 대부분 작은 성공보다 큰 성공을 하기 원한다. 다들 크고 좋다고 하는 것에만 사람들이 몰린다. 위대한 위인들을 보면, 작고 남이 관심 두지 않는 것을 꾸준히 노력해왔다. 작은 것을 포기하지 않고 꾸준히 실행할 때 큰 성공이 찾아오는 것이다.

메모는 강도가 아니라 빈도이다. 메모의 빈도를 높여라. 빈도를 높이는 것만큼 위대한 것도 없다.

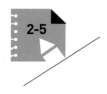

2-5

인생의 후회를 줄이는 한 줄 메모

사람은 누구나 자신의 물건에 흠집이 나는 것을 싫어한다. 나도 그렇다. 나는 물건을 소중히 여기는 편이다. 깔끔한 성격 탓일까. 물건에 뭐가 묻거나, 긁히는 것을 싫어한다. 원형이 변형되는 것은 더욱 싫다. 계속 신경이 쓰인다. 그래서 매사에 조심조심하는 편이다.

심지어 딸이 넘어지거나 다치면 나도 모르게 얼굴이 굳어버린다. 아무것도 못 한다. 내가 다친 것보다 더 유난을 떤다. 조금도 아프지 않고, 다치지 않았으면 하는 마음이다. 아내는 태연하다.

"아이가 놀다 보면 그럴 수 있지 뭐."라며 가볍게 넘긴다.

가볍게 넘기는 아내의 모습도 신경 쓰인다.

가수 산울림의 김창완이 이런 말을 했다.

"새로 산 자동차나 휴대전화. 처음에는 흠집 안 가도록 애지중지하죠. 근데 이게 딱 흠집이 나잖아요? 그럼 느낌이 달라져요. 상처 난 내 휴대전화가 굉장히 애착이 가게 되죠. 흠집 하나 없는 휴대전화에 더 애착이 갈 것 같은 건 착각이에요. 모든 게 그렇죠. 너와 나의 사이도 그렇고, 상처 난 내가 더 멋지고 소중한 것이에요."

나의 상처가 더 나은 나를 만들어주고, 더 멋져지고 소중해진다는 말에 공감이 되었다. 일부러 상처를 내며 살 필요는 없다. 하지만 분명한 건 아픔과 고통과 상처를 통해 진짜 '나'가 만들어진다는 것은 부인할 수 없는 사실이다.

직장에서 일을 하고, 가정에서 가장 노릇하고, 친구들과 지인들을 만나 지내다 보면 본의 아니게 상처를 받을 때가 있다. 그렇다고 내가 받은 안 좋은 감정을 그 자리에서 바로 티 낼 수는 없다. 나는 안 좋은 감정을 추스르고 가라앉았을 때, 나중에 좋게 말하려고 하는 편이다. 감정적으로 말 해봐야 좋을 건 없다.

그 시간까지 나를 다스릴 수 있는 무언가가 필요하다. 그렇지 않으면 내 감정이 제어가 안 되기 때문이다. 좋은 방법은 내 감정 그대로 글로 써보는 것이다.

나는 글을 쓰며 내 마음을 다스린다. 자그마한 종이 쪼가리에라도 펜으로 끄적여 본다. 그 사건에 대해 최대한 객관적으로 바라보려 노력한다. 한 줄 한 줄 써 내려가다 보면 실마리가 풀린다. 누구의 잘잘못을 떠나서 '내가 이렇게 말하고, 이렇게 행동을 했으면 더 좋았을 텐데…'라는 결론에 이르게 된다. 이 깨달음은 다음에 나의 말과 행동에 분명 영향을 준다. 완벽하게 되지는 않더라도 보다 나은 상황이 연출이 된다.

자신의 감정을 글로 적으면 자신의 삶은 성장한다. 그리고 성숙해진다. 감정은 눈에 보이지 않기 때문에 보이지 않는 것을 해결하기가 쉽지 않다. 우선 감정을 글로 끄집어내야 한다.

"야! 감정! 너 이리 나와!" 이런 식으로 말이다.

나의 감정을 글로 적어보면 그 내용이 바로 현재의 자신이다. 그다음에 해결해 주면 된다. 자신의 감정을 글로 쓰고, 그 옆에 해결방안을 적는다. 그리고 해결방안을 행동으로 옮기면 되는 것이다.

상처를 한 번도 안 받고 사는 사람은 없다. 늘 좋은 일만 일어나며 사는 사람도 없다. 언제나 상처 줄 사람은 주위에 도사리고 있다. 좋은 일이 있으면 안 좋은 일도 분명 찾아오게 된다. 인생은 새옹지마(塞翁之馬)라는 말이 괜히 있겠는가.

그 상처와 흠집들을 어떤 반창고를 붙여 잘 아물게 하고 덧나지 않게 하느냐가 그 사람의 능력이고 영향력이다. 좋은 반창고 중에 하나가 바로 글쓰기이다. 그럼 후회하던 나의 삶에서 밖으로 한 발짝 나올 수 있다.

교도소에 수용자들은 '후회'라는 단어를 가슴에 늘 묻고 살아간다. 단 한 명도 예외는 없다. 내가 만난 H 씨 수용자도 자신의 삶에 대해 후회하고 있었다.

"주임님, 제 삶이 너무 후회됩니다…"

"그동안 왜 그렇게 살아왔는지 모르겠습니다…"

나는 그 H 씨 수용자에게 자신의 감정을 글로 써보라고 권했다.

"과거 이야기도 좋고, 요즘 자신 안에 있는 감정과 생각들을 글로 적어보세요."

H 씨 수용자는 지푸라기라도 잡는 심정으로 내 말에 따랐다. 하루도 빠지지 않고 썼다. 내게 검사도 맡았다. 초등학교 교사가 된 기분이었다.

두 달 정도 지나서 내게 자신의 감정을 이야기해줬다.

"주임님! 요즘 제 삶이 달라지고 있어요!"

나는 깜짝 놀라 무슨 일이냐고 물어봤다.

감정을 글로 쓰다 보니 그동안 자신이 얼마나 망나니로 살아왔는지가 느껴졌다고 했다. 이렇게 살아서는 안 되겠다 싶어 독서와 운동을 시작했다고 했다. 독서는 단 한 번도 해본 적 없다 했던 그였다. 책을 펴서 읽는데 생각이 바뀌게 되고 꿈이 생긴다고 했다. 박수를 쳐 줬다. 나도 모르게 탄성이 나왔다. 교도소에서 근무하며 가장 뿌듯한 순간이었다.

또 한 수용자와 편지를 주고받은 적이 있다. 젊은 친구였다. 그 편지내용 역시 자신의 아픈 사연들뿐이었다. 나도 답장을 했다. 위로의 말보다 내가 후회하며 살아왔던 것들, 상처받은 기억들을 적어서 공유했다. 이런 내 모습에 그 친구는 위로를 받았다. 나는 딛고 일어서지 못했을 때도 많았다. 하지만 그는 나의 편지에 공감이 되고 동질감을 느끼는 거 같았다.

편지를 통하여 오랜만에 끄집어낸 나의 이야기들. 시시콜콜한 후회와 상처들이, 그 친구와 나누면서 나 역시 위로가 되었다. 치유가 되고 회복이 되어 가는 것을 느꼈다.

글은 힘이 있다. 자신의 진짜 모습을 찾아준다. 현실의 나를 받아들이고 존중하게 만든다. 지나간 상처와 후회들은 여전히 남아있다. 하지만 글을 쓰면서 이해가 되고 정리가 된다. 이런 이유만으로도 우리는 펜을 잡고 글을 써야 하는 충분한 이유가 된다.

'문제 메모'라는 것이 있다. 내가 만들었다. 현재 자신의 고민과 문제들을 포스트잇 한 장에 하나씩 적는다. 그리고 방 벽에 붙인다. 그 포스트잇들을 바라보며 고민과 문제들을 해결해 나갈 때마다 떼는 것이다. 쓰지 않고 적어놓지 않으면 자신의 문제와 고민들이 뒤죽박죽 섞인다. 머릿속은 복잡하고 해결해야 할 것은 많은데, 뭘 어떻게 해야 하는지 모른다.

문제가 있는 것은 중요하지 않다. "성공의 크기는 얼마나 많이 실패하느냐에 달려있다." 피카소가 그랬다. 자신의 문제와 실패들을 해결하지 못하며 사는 것이 진짜 문제이고 실패이다. 문제와 실패가 없는 사람은 없다. 사람은 틀리고, 넘어지고, 문제가 생기는 것이 일상이다.

후회는 결국 올바르지 못한 선택에서 오는 경우가 많다. 메모를 하고, 자신에 대해 글을 써보면 바른 선택을 하며 살아갈 수가 있다. 자신이 하고 싶고, 원하는 것을 적어서 붙여놔도 된다. 하나하나씩 떼어 가며 성장해 가는 자신을 보는 일은 생각보다 신난다.

나는 노래를 작곡하면 제일 먼저 동생에게 들려줬다. 별로라고 하면 기분이 나빴다. 하지만 그 말에 더 좋은 곡들을 쓸 수 있었다. 기분이 나빠도 동생의 피드백을 기억하고 잘 적어놨기 때문이다.

인생의 후회를 줄이고 싶은가. 후회와 실수를 줄이기 위해서는 반드시 적어놓고 생각해야 한다. 적고 그것을 보라. 그것만으로도 후회를 줄이는 첫 단추를 잘 꿴 것이다.

둔한 머리가 총명한 머리를 이긴다

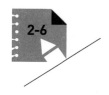

2-6

약점을 보완하지 말고 강점을 특화하라

3월 봄이 되면 대학교 1학년생들은, 만개(滿開)한 얼굴로 대학캠퍼스를 누비며 다닌다. 그동안 억눌러왔던 자신 안에 갇혀 있던 자유를 내비치며 '이게 나야!' 라며 보여준다. 염색도 해보고, 높은 굽의 구두도 신어본다. 책은 가방에 넣고 다니면 될 것을 굳이 꺼내어 가슴 안쪽으로 끌어안아 들고 다닌다. 막 피어난 새싹처럼, 3월의 대학캠퍼스 전경은 이토록 싱그럽다.

나 역시 그랬다. 대학교에 갓 입학하고 무슨 겉멋이 들었던지 시간만 나면 벤치나 풀밭에 누웠다. 따사로운 햇살을 맞으며 오지도 않는 잠을 억지로 청해보기도 했다. 수업도 일부러 들어가지 않은 날도 많았다. 교수님의 강의를 잘 듣다가 몰래 도망치기도 했다. 혼자 버스를 타고 무작정 어디론가 사라져버렸다. 이때는 중학교 때 사춘기와 또 다른 사춘기였다. 하지만 난 이 자유가 좋았다.

이 시간들이 익숙해져 갈 때쯤, 갑자기 불안이 엄습해 왔다. 중간고사 시험이었다. 망쳤다. 학점이 2.0이 채 나오지 않았다. 요즘 말로 '폭망'(폭삭 망하다)이었다. 부모님의 얼굴이 아른거렸다. 없는 살림에 비싼 등록금 주시며 공부시켜놨는데, 이런 불효를 저지르다니. 부모님께 너무 죄송한 마음이 들었다.

숨고 싶었다. 기말고사부터 열심히 하면 된다. 그마저도 자신이 없어졌다. 중간고사 이후로 학교를 가지 않았다. 기왕 이렇게 된 거 될 대로 되라는 식이었다. 놀았다. 부모님 몰래 열심히 놀았다. 결국 내게 찾아온 건 '학사경고'였다.

나는 의지가 약한 편이었다. 대담한 거 같으면서 겁도 많았다. 도망도 잘 쳤다. 20대 초반에는 편의점에서 알바 하다가 하기 싫어서, 그만두고 싶다고 말하고 나온 적도 있다. 안 그럴 거 같이 생겨서 뒷구멍으로 호박씨를 깐다는 말도 곧잘 들었다. 특별히 내세울 만한 것이 없었다.

집에서 빈둥거리다 우연히 '동물의 왕국'이라는 TV 프로그램을 보게 되었다. 사자는 사자대로 멋있었고, 독수리는 독수리대로 빛이

났다. 거북이는 느리지만 장수(長壽)하는 파충류 동물의 대명사이고, 원숭이는 어느 동물보다 나무를 잘 탔다. 그 어떤 동물이 더 뛰어나고 더 잘 난 동물은 없었다. 제각각 다 특색이 있었다. 자연의 이치였다.

그 장면들을 보면서 나도 나만의 장점이 있을 거라는 생각이 들었다. 남이 갖고 있지 않은 나만의 장점을 찾고 싶어졌다. 남과 비교하며 살아서는 행복하지 않을 거 같았다.

사람은 누구나 어느 분야에서든 1등을 하고 싶어 한다. 꼭 1등이 아니더라도 꼴등은 하기 싫어한다. 왜 그럴까. 우리 안에는 잘 살고 싶고, 성공하고 싶고, 주목받고 싶어 하는 욕구가 있기 때문이다.

예전 유행어 중 "1등만 기억하는 이 더러운 세상!"이라는 말이 있었다. 세상은 1등을 원하고 1등만 인정해 준다. 그래서 1등을 하기 위해 모두 악착같이 살아간다.

문학평론가 이어령 박사가 이런 말을 했다.

"이제는 모두 각자의 길로 뻗어 달려가야 한다. 자신만이 가지고 있는 장점을 살려 나아가면 모두가 1등이 된다."

학벌과 높은 학점, 토익점수, 조각 같은 외모로 승부를 내는 시대는 지났다. 이제는 자신만이 가지고 있는 장점. 자신이 좋아하고 제일 잘 할 수 있는 콘텐츠로 승부를 내는 시대이다. 조금의 차이는 있겠지만, 모든 것이 평준화가 되고 있다는 말이기도 하다.

노래도 잘만 부르면 안 된다. 차라리 특별하게 못 부르는 것이 낫다. JYP 대표 박진영이 한 말이다. 유튜브만 봐도 다양한 콘텐츠들이 쏟아지고 있다. 자신의 주머니 속에 꼬깃꼬깃 감춰놨었던 취미를 콘텐츠로 만들어 영상을 올린다. '저런 걸 누가 보겠나?'라고 하지만, 보고 좋아하는 사람들이 있다. 심지어 인기까지 끈다.

내가 '메모'라는 콘텐츠로 책을 쓰고, 사람들에게 도움을 주는 일을 하고 싶다고 했을 때 주위에서 비웃는 사람들이 있었다.

"메모로 어떻게 성공할 수 있어?"

"네가 메모로 사람들에게 어떤 도움을 주고, 어떤 말을 할 수 있는데?"

"메모? 그거 누구나 하는 거 아니에요?"

맞는 말이다. 누군가에게는 '메모'라는 콘텐츠가 별거 아니게 느껴질 수도 있다. 누구나 펜과 종이만 있으면 쉽게 할 수 있는 메모를 누가 대단하게 보겠는가. 그렇다고 내가 엄청나게 뛰어난 메모 스킬이 있는 것도 아닌데. 메모를 해서 특별한 업적을 이루었거나, 명성을 얻은 것도 아니었다.

하지만 나는 책을 통해서 배웠다. 세상은 넓고, 다양하고, 많은 사람이 있다는 것을. 물 한 방울이라도 값지고, 귀하게 여기며 사는 사람이 있다는 것을. 나는 그 사람들을 위해 이 책을 쓰는 것이다. 내가 가지고 있는, 나만 할 수 있는 말로 그들에게 다가가 그들의 인생을 빛나게 해 줄 것이다. 그럼 내가 이 분야에서 1등이다. 그 누구도 감히 뭐라 할 수 없다. 이것이 앞으로 이 시대가 지향해야 할 행복의 원리이다.

집 거실에 '자녀를 위한 십계명'을 써서 붙여 놓았다. '앞으로 자녀를 이렇게 키우고 싶다!'라는 우리 부부의 희망 사항과 계획과 포부를 써 놓은 것이다. 그중 일곱 번째 이런 내용이 있다.

'1등이 되게 하기보다는, 꼴등의 마음을 위로해 줄 수 있는 자녀로 만드세요.'

자녀에게도 1등의 삶을 바라지 않는다. 오히려 주위에 소외받고, 갖지 못하고, 어려운 이웃의 손을 잡아주며 위로해 줄 수 있는 사람으로 자랐으면 좋겠다. 이 목표에 도달하기 위해서는 뭔가 다르고 특별한 교육이 필요할 것이다.

나는 아이들에게 자존감을 키워주고 싶다. 자신이 못하는 부분은 과감히 내려놓고, 제일 잘 하는 것으로 인생을 살아갈 수 있도록 해 주고 싶다. 그렇다면 자신감과 자존감이 높아질 것이고, 이웃에게 따뜻한 마음과 눈이 향할 거라 생각한다.

10년 전에 누가 그랬다.

"다 잘 할 필요 있어? 조만간 영어 번역기도 나올 거고, 통역해주는 기계도 나올 거야!"

맞다. 다 잘 할 필요도 없고, 다 잘 할 수도 없다. 하루는 24시간이다. 내가 투자한 시간과 투자하지 않은 시간은 반드시 비례하게 되어있다.

당신은 지금 어디에 투자하고 있는가. 미국의 경영학자였던 피터 드러커는 "약점을 보완하기보다, 강점을 특화하는 것이 더 효율적이다."라고 했다. 내가 잘 하고 좋아하는 것에 시간을 투자하는 것이 가장 현명하고 행복으로 가는 지름길이다.

1990년대 가수 '공일오비' 멤버였던 이장우는 2005년에 골프에 입문했다. 세계 골프 협회(WPGA)등 티칭프로 자격증 2개도 획득했다. 그는 골프에 입문한 지 얼마 안 되었는데도 실력이 좋았다. 하지만 기복이 심했다. 몸의 밸런스를 잘 잡지 못했다. 스윙 폼도 일관되지 않았다. 그는 고민하다가 골프 메모를 시작했다. 몇 년을 적다 보니 자신만의 '골프 레시피'가 생겼다. 결국 연예인 중 톱 클래스 실력이 되었다.

사람은 자신이 길들여 놓은 패턴과 정해진 습관이 있기 때문에 이

둔한 머리가 총명한 머리를 이긴다

것을 고친다는 것은 생각보다 쉽지 않다. 이창우는 메모를 통해 자신의 부족한 부분이 무엇인지, 또 강점은 무엇인지를 파악해냈다. 자신의 골프 치는 모습을 계속 적다 보니 자신만의 루틴이 생긴 것이다. 자신이 한 메모가 그 어떤 것과도 바꾸고 싶지 않은 재산이 되었을 것이다.

당신은 당신만의 '인생 레시피'가 있는가. 삶의 루틴이 있는가. 약점이 무엇이고, 강점이 무엇인지 정확히 알고 있는가. 알고 있어도 자신에 대해 적어보지 않았으면 막연한 약점과 강점일 뿐이다. 그래서 보완할 수도 특화할 수도 없다.

더 이상 지체하지 마라. 약점은 쿨하게 던져놓고, 강점! 오직 그것을 위해서만 전진하라.

끼니는 놓쳐도 펜은 놓지 마라

"네??? 에이즈 양성반응이요???"

　　　　군대를 제대하고 한참 호기롭게 헌혈을 하고 다녔었다. 그런데 강변 테크노마트 근처 헌혈의 집에서 뜻하지 않은 비보를 듣게 되었다. 하늘이 노랬다. 아무것도 하기 싫었다.

'문란한 행동을 하고 다닌 적도 없는데… 왜 나에게 이런 일이 일어났을까…'

그 당시 의대에 다니고 있던 친구에게 물어봤다. 그 친구는 태연하게 오진이 나올 수도 있으니 너무 걱정하지 말라고 했다. 그나마 위로가 되었다. 다시 가서 검사를 받아보니 다행히 그릇된 결과였다.

내 인생에 최대의 웃픈(?) 에피소드였다. 그 날 이후로 나는 세상을 바라보는 눈이 달라졌다. 죽음에 대해 깊이 생각해보게 되었다. 마음가짐이 예전과 확연히 달랐다. 부모님과 내 주위 사람들에게 더 잘하게 되었다. 내게 주어지고 맡겨진 것에 최선을 다해 살게 되었다.

조금 무거운 이야기일 수 있지만, 죽음을 보고 죽음을 깊이 생각해본 사람은 그렇지 않은 사람과 삶의 방향이 180도 다르다. 그만큼 자신의 인생을 대하는 자세가 진지해진다. 스피노자는 "비록 내일 지구가 멸망하더라도 나는 한 그루의 사과나무를 심겠다."라고 말했다. 나는 과연 내일 지구가 멸망한다면 오늘 무엇을 할까 생각해보았다. 아마 그동안 써왔던 기록들을 펴놓고 읽어보며, 지나온 삶에 감사하는 시간을 가질 거 같다. 그리고 현재의 감정들을 기록하며 사랑하는 가족과 함께 이 생애를 마감할 거 같다. 이처럼 펜과 종이는 내게 죽는 날까지 놓을 수 없는 도구이다.

나는 잠을 잘 때 머리맡에 핸드폰을 두고 잔다. 즉시 메모하기 위해서다. 종이와 펜을 사용할 때도 있다. 어두워서 글씨가 잘 보이지 않아, 잘 때는 쉽게 사용할 수 있는 핸드폰을 주로 애용하는 편이다.

잠자리에 누우면 오만가지 생각이 든다. 잠이 쉽게 오지 않을 때는 더욱 그렇다. 좋은 아이디어나, 내일 해야 할 일, 후회했던 일 등이 떠오르면 핸드폰 메모장 앱에 적어놓는다. 그다음 날 메모해 놓은 것을 보며 정리해두고 실행에 옮긴다.

또 내 가방에는 화장품 파우치만 한 필통이 있다. 그 안에는 A4용지 반만 한 크기의 노트가 한 권 들어있다. 빨간색, 파란색, 검은색의 펜 세 자루도 있다. 강연이나 교육을 받을 때 노트에 적어가며 듣는다. 중요한 부분은 빨간색 펜으로 밑줄을 친다. 내용에 궁금한 부분이 있으면 파란색 펜으로 질문을 써놓는다.

내가 이렇게 펜과 가깝게 지낼 줄은 꿈에도 몰랐다. 학창시절에 내게 펜은 거추장스러운 것 중의 하나였다. 책도 책상 밑에 다 놓고 다녔는데, 펜을 가지고 다녔을 리가 있겠는가. 가방은 최대한 가볍게 해서 폼으로만 들고 다녔다.

이제 펜이 없으면 불안하다. 나이가 조금씩 들수록 메모의 힘은 내게 더 강력하게 다가온다. 앞으로는 자신의 생각이 없으면 남에게 무시당한다. 세상에서 살아남기가 어렵다. 손에 펜을 들고 열심히 적어야 한다. 적은 만큼 자신의 생각은 쌓이게 되고, 그 생각들이 행동으로 연결시켜 준다.

갈수록 '디지털 노마드'가 인기다. 유목민처럼 자유롭게 이동하면

둔한 머리가 총명한 머리를 이긴다

서, 자신의 일로 경제활동을 하는 사람들을 말한다. 말 그대로 자신이 있는 곳이 사무실이 되는 것이다. 노트북과 스마트폰 하나면 모든 일을 할 수 있는 시대가 열리고 있다. 나 역시 디지털 노마드를 꿈꾸고 있다.

누군가 아인슈타인에게 "당신의 사무실은 어디인가요?"라고 물었다. 그때 아인슈타인은 자신의 만년필을 보여줬다는 유명한 일화가 있다. 아인슈타인은 자신이 가진 펜 하나면 그 어디든 사무실이 되었다. 그는 당시 이미 펜 하나로 디지털 노마드의 삶을 살고 있었던 것이다.

아인슈타인은 절대 펜을 손에서 놓지 않았다. 펜 하나면 무슨 일이든 할 수 있었다. 그가 죽은 뒤 그의 뇌를 보관했다고 했다. 틀렸다. 뇌보다는 손을 보관했어야 했다.

그 사람의 손에 무엇이 들려있는가로 그 사람이 어떤 사람인지 알 수 있다. 청진기를 들고 있으면 의사이고, 총을 들고 있으면 군인이다. 붓과 물감을 들고 있으면 화가이고, 톱과 망치를 들고 있으면 목수이다. 낚싯대와 그물을 들고 있으면 어부고, 고무장갑을 끼고 수세미를 들고 있으면 주부이다.

당신의 손에는 지금 무엇이 들려있는가. 혹시 스마트폰을 들고 인터넷 서핑이나 SNS를 하며, 종일 거기에만 시간을 빼앗기며 살고 있지는 않은가. 《디지털 미니멀리즘》의 저자 칼 뉴포트는 이렇게 말한다.

"우리에겐 고독이 필요하다!"

이 바쁜 세상 속에서 자신이 누구이고 무엇이 중요한지 성찰하는 시간, 감정을 처리하고 이해하는 시간, 오늘 하루를 되돌아보는 시간이 필요하다는 말이다.

현대인들은 조용한 방 안에서조차 고독한 시간을 보내지 못하고 있다. 손에서 떼지 못하는 스마트폰 때문이다. 펜을 들고 무언가를 적는 행위가 조금 고독한 시간일 수 있다. 그러나 우리는 펜을 들고 이 시간을 기쁨으로 마주해야 한다. 그 시간이 자신을 성장시킬 수 있는 최고의 시간이기 때문이다. 이제 스마트폰은 던져버리고 펜을 잡아보라. 펜 하나면 인생이 달라질 수 있다.

비싼 고가의 펜을 셔츠 왼쪽 주머니에 꽂고 다니는 직원이 있다. 부러웠다. 한 번만 사용해본다고 하고 종이에 글씨를 써보았다. 미끌미끌한 것이 생각처럼 잘 써지지 않았다. 나와는 전혀 맞지 않는 펜이었다.

사람마다 자신에게 맞는 펜이 있다. 희한하게 나는 저렴하고 싼 펜이 잘 써진다. 마음이 편하다. 1,500원짜리 이상 가격이 올라가면 펜이 나를 못 알아보는 것만 같다.

　개인적으로 나는 고가의 펜을 권하고 싶지는 않다. 펜의 목적은 멋이 아니다. 펜의 목적은 적재적소에 잘 나타나 종이 위에서 주인의 의도에 맞게 춤을 추는 데 있다. 펜이 고가이면 아무래도 소극적으로 사용하게 된다. 10번 사용할 거 아까워서 절반밖에 사용하지 못한다. 그럼 그건 시작부터 잘못되었다. 펜은 편해야 한다. 10번 필요하면 10번 사용할 수 있어야 한다. 펜에서 자유로울 때 메모의 깊은 맛을 볼 수 있다.

　미국 조지아주립대학의 경제학 박사 토머스 스탠리 교수가 이런 연구를 했다. 최근 20년 동안 미국을 움직이는 백만장자들의 성장 과정을 연구하여 결과를 발표한 것이다. 미국의 재벌 중 80%는 중산층 또는 노동자 출신이었다. 그들은 부모로부터 '유산' 대신 '좋은 습관'을 물려받은 것으로 나타났다.

　대부분 사람들은 눈앞에 보이고, 금방이라도 유용하게 사용할 수 있는 돈과 물질을 갖기 원한다. 하지만 위 연구에서도 볼 수 있듯이 '좋은 습관'을 갖는 것이 훨씬 더 가치가 있다. 운동도 꾸준히 해온 사람이 실질적인 근육이 붙는다. 체력도 좋아지게 되고, 몸도 건강하게 살 수 있다. 빨리 근육을 갖고 싶고, 순간 힘을 쓰기 위해 약물을 복용한다면 반드시 부작용이 일어나게 된다.

나는 다른 어떤 것보다 '좋은 습관'을 키우는데 시간을 투자하라고 말 하고 싶다. 물론 '좋은 습관'을 갖는 것은 쉽지 않다. 나 역시 빠른 시일 내에 펜을 들고 메모습관을 갖게 된 것은 아니다. 겁먹을 필요는 없다. 조금씩 꾸준히 하면 된다. 나도 했는데 당신이 못 할 이유는 전혀 없다. 자신이 할 수 있는 만큼만 매일 하다 보면 어느새 내가 원하는 습관을 갖게 될 것이다.

나의 삶은 펜이 이끌어 왔다. 펜이 있었기에 많은 일을 쉽게 처리할 수 있었다. 사람들에게 인정받을 수도 있게 되었다. 또 펜이 있기에 지속해서 내게 꿈을 심어주고 있다. 쓰면 쓸수록 세상에 알고 싶은 것도 많아지고, 하고 싶은 것도 많아진다.

나는 '작가'의 삶을 넘어, 수많은 정보가 쏟아져 혼란스러워 하는 사람들에게 무엇을 더 붙잡고 살아야 하는지를 알려주는 코치나 강연가가 되고 싶다. 이 꿈들을 이루기 위해서는 공부하며, 지금의 나를 만들어 온 펜으로 열심히 적는 일밖에 없다고 생각한다.

둔한 머리가 총명한 머리를 이긴다

다시 한번 물어보겠다. 당신이 하루 중 가장 많이 손에 들고 다니는 것은 무엇인가. 무슨 일이 있어도 펜을 놓지 마라. 끼니는 놓쳐도 펜은 절대 놓지 마라.

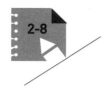

2-8

메모로 생각의 근육을 키워라

　　당신은 '벼락치기 공부'를 해본 적이 있는가. '벼락치기 공부'를 하면 기억이 더 잘 되는 경험을 한다. 고대 구로병원 뇌신경 센터 김치경 교수는 "마감 시간이 다가오면 우리 몸은 스트레스를 받아 교감신경이 활성화됩니다. 이때 심장박동이 빨라지면서 혈액 공급이 활발해지고 이로 인해 뇌에 에너지가 많이 전달돼 뇌 기능이 향상됩니다."라고 했다.

　하지만 벼락치기가 단기기억에는 도움을 주지만 장기 기억에는 오히려 독이 된다고 한다. 벼락치기가 반복되면 각성효과를 돕는 '코스티솔'이 뇌 해마의 신경세포들을 감소시켜 기억력을 떨어뜨린다.

　　　　　둔한 머리가 총명한 머리를 이긴다

본립도생(本立道生)이라는 사자성어가 있다. '기본만 지키면 나아갈 길이 생긴다.' 는 말이다. 무슨 일을 하든 기본이 중요하다. 기본 체력이 중요하다. 기본이 되어있지 않으면 분명한 한계가 있다. 그 임계점을 뚫을 수가 없다.

우리의 삶은 메모가 바탕이 되어야 한다. 메모의 근육을 만들어야 한다. 메모는 신이 인간에게 주신 최고의 선물이다. 기억력의 한계도 주셨지만, 더불어 메모할 수 있는 능력도 주셨다.

메모만 잘 해도 그 어떤 일도 잘 감당할 수 있다. 메모는 하면 할수록 뇌의 근육이 발달하고, 생각의 근육도 커진다. 그로 인해 기억력도 좋아진다.

아일랜드 더블린의 트리니티 대학 신경과학자인 이안 로버트슨(Ian Robertson) 박사는 노인 약 3,000명에게 몇 주 동안 10시간 분량의 뇌 훈련을 받도록 했다. 그 결과 노인들의 인지 기능이 상당 수준 향상되었으며, 그 효과가 계속 유지됐다고 한다.

훈련을 하면 확실히 효과가 업이 된다. 운동을 하면 건강해지고 근육이 발달하듯이, 뇌도 끊임없이 운동을 해줘야 한다. 뇌 운동 중 하나가 바로 메모이다. 메모를 하면 뇌가 활발해진다. 생각하고 손으로 쓰는 과정을 계속 반복하다 보면, 뇌는 재창조되는 것이다.

나는 사람들에게 기억력이 좋다는 말을 종종 듣는다. 사물이나, 사건, 사람들의 작은 변화들을 잘 캐치하고 잘 기억해내기 때문이다. 그런데 사실 기억력이 좋은 게 아니다. 내가 남들보다 더 잘 기억할 수 있는 이유는 바로 기록을 하기 때문이다.

　사람들은 이슈나 사건들을 한 번으로 그냥 지나친다. 하지만 나는 집에 오면 그 날 있었던 일들을 기록하면서 다시 뇌를 리마인드 시킨다. 적으면서 또 생각하는 것이다.

　"아! 오늘 이런 일이 있었지!"

　"아! 오늘 이 사람을 만나서 이런 이야기를 나누었지!"

　기록을 매일 하다 보니 상대적으로 다른 사람들보다 더 기억이 날 수밖에 없다.

　기억을 잘 하기 위해서는 메모를 해야 한다. 기록을 해야 한다. 자신을 너무 믿으면 안 된다. 자신의 한계를 빨리 인정하고 펜을 들고 쓰기 시작해야 한다.

　나이가 어려도 생각이 큰 사람이 있다. 반대로 나이는 50~60대인데 생각이 어린 사람이 있다. 나이와 생각의 양은 아무 상관이 없다. 우리는 대화를 해보면 안다. 저 사람이 어떠한 생각을 갖고 사는지, 어떠한 생각으로 세상을 바라보고 있는지가 한눈에 보인다.

둔한 머리가 총명한 머리를 이긴다

나는 나보다 어린 동생들을 만나 대화를 나누면서도 배운다. 또 나이 어린 연예인이나, 스포츠 스타들이 인터뷰하는 것을 보면서 깜짝깜짝 놀랄 때가 있다. 말의 무게가 있고, 품위가 있고, 진심이 담겨 있고, 남을 배려하는 마음이 보이는 사람들이 있다.

이 사람들의 공통점은 대체적으로 독서와 글 쓰는 것을 좋아한다는 것이다. 독서 하는 사람들은 많은 사람들의 경험을 글로 체득하였기 때문에 풍부한 지식과, 겸손이 몸에 녹아 들어가 있다. 링컨은 "책 한 권 읽은 사람은 두 권의 책을 읽은 사람에게 지배를 받게 된다." 라고 했다. 독서를 하면 생각이 커지기에 독서를 적게 한 사람은 많이 한 사람을 절대 이길 수가 없다.

또 손으로 써가며 독서를 하면 생각의 근육은 배가 된다. 무조건 다독을 한다고 좋은 것은 아니다. 다독한다 해도 결국 우리의 기억력으로 다 기억해낼 수 없기 때문이다. 독서는 잘 기억해내는 데서 열매가 맺혀진다.

눈으로만 10권의 책을 읽었다고 해보자. 당신은 얼마나 기억해낼 수 있는가. 반대로 손으로 중요한 문장들을 옮겨 적고, 떠오르는 생각들을 노트에 적으며 3권의 책을 읽었다고 해보자. 후자의 방법이 훨씬 더 많은 내용들을 기억해내는 것을 볼 수 있을 것이다.

정약용은 이런 방법을 통하여 18년 동안 지리 · 의학 · 과학 · 역사 · 경제 · 정치 · 철학 · 문학 등 다방면에 걸쳐 500권이 넘는 책을 저술할 수 있었다. 이처럼 손으로 적는 행위는 우리가 생각하는 것보다 위대하다. 엄청난 힘을 가지고 있음이 과거부터 오늘날까지 여실히 증명되어있다.

작가 유시민은 "글쓰기는 기초체력이 중요하다."라고 했다. 메모도 꾸준히 하기 위해서는 기초체력을 길러야 한다. 메모의 중요성을 알고는 있지만, 선뜻 펜을 잡아 쓰기가 쉽지 않기 때문이다. 매일 5분이라도 앉아서 뭐든 써봐야 한다. 정 쓸 게 없으면 친구와 문자를 주고받은 내용이라도 쓰면 좋다. 그렇게 매일매일 하다 보면 메모습관이 몸에 익게 된다. 1년이 지나고 2년이 지나면 이 메모습관이 자신의 삶을 바꿔놓을 것이다.

나는 아침에 일어나면 제일 먼저 하는 일이 있다. 현관문 앞에 놓여 있는 빳빳한 신문을 거실로 가지고 들어오는 일이다. 거실 바닥에 주저앉아 '오늘은 어떤 일이 있나!' 라며 신문을 읽기 시작한다. 사회나 정치 부분에는 크게 관심이 있는 편은 아니다. 큰 덩어리와 흐름 정도만 읽어낸다. 신문을 읽는 것도 생각을 키우는 데 큰 도움이 된다.

신문을 읽다가 마음에 와닿는 기사가 있으면 문구용 가위로 듬성듬성 오린다. 그리고 제목 옆에 날짜를 적고, 기사에 관한 나의 생각이 떠오르면 펜으로 적어놓는다. A4 화일에 스크랩을 해놓는다. 그러면 나중에 좋은 자료로도 사용되고, 생각지 않은 영감도 준다.

누구에게 검사받으려고 하는 것은 아니다. 내 삶을 개선하며 살기 위한 또 하나의 노력이고, 몸부림이다.

사람은 죽는 날까지 배우고 또 배워야 한다. 배움의 끝은 없다. 100년을 살아도 200년을 살아도 이 세상의 반도 알지 못하고 죽을 것이다. 하지만 배워야 한다. 많이 알기 위해서가 아니다. 잘난 체하기 위해서도 아니다. 아주 조금이라도 더 나은 자신을 만들기 위해서이다.

당신은 지금 무언가를 준비하고 있을 것이다. 그것이 소박한 꿈이든 큰 꿈이든 말이다. 그렇다면 당신은 그것을 왜 하려고 하는가. 그 일에 대한 목적과 이유가 분명히 섰는가. 나도 이 책을 쓰면서 참 많은 생각이 들었다. 하루라도 빨리 출판하고 싶었고, 이 책으로 유명한 사람이 되고 싶다는 생각도 있었다. 하지만 독서를 하고 글을 쓰며 생각에 좋은 근육들이 붙기 시작했다. 행복의 주체는 내가 아니라, 독자여야 한다는 것을 말이다. 나는 이것을 좋은 근육이 붙은 상태라 말 하고 싶다.

많이 배워라. 그럼 겸손해진다. 많이 써라. 더 나은 내가 만들어진다. 메모로 생각의 근육을 키워라. 내가 살아갈 이유가 생긴다.

둔한 머리가 총명한 머리를 이긴다

제 3 장

인생을 바꾸는
가장
쉬운 습관

● ● ● ● ● ● ● ● ● ● ● ● ● ● ● ● ● ●

3-1

메모습관, 하루 10분이면 충분하다

딸이 태어나고 아내와 나는 매우 힘들었다. 아무리 신생아라지만 다른 또래에 비해 너무 잠을 안 자고 밤마다 심하게 울어댔다. 밤을 새우고 출근하는 건 다반사였다. 딸이 낮에도 잠을 안 자고 울어 아내도 힘들어 같이 울었다. 인터넷을 검색하던 중 '수면교육' 이라는 것을 알게 되었다. 방법은 간단했다. 매일 아이에게 같은 수면의식을 주는 것이었다.

저녁 8시쯤 목욕을 시키고, 분유를 주고 아기침대에 눕혔다. 백색소음이라는 어플을 스마트폰으로 다운로드했다. 그 소리를 틀어주고 '잘 자라!' 라는 말과 함께 방문을 닫고 나왔다. 그때부터 딸은 큰 소리로 울어 재꼈다. 이때 들어가면 안 된다. 계속 내버려 둬야 한다. 10분, 20분, 50분을 계속 운다. 마음이 아팠다. 참았다. 귀를 막았다. 이건 단순히 부모가 편하자고 하는 교육은 아니었다. 수면 교육을 통하여 아이가 잠도 깊이 잘 수 있고, 잠을 잘 자면 식사도 잘하고, 건강도 좋아지게 된다. 부모의 유익만을 위한 것이었다면 그만뒀을 것이다. 우는 딸을 보는 부모의 마음도 힘들었다. 이왕 시작한 거 우린 계속하기로 했다. 1~2주를 하루도 빠지지 않고 매일 똑같이 반복했다.

그러던 어느 날이었다. 수면 교육을 시작한 지 보름 정도가 지났을 무렵, 딸을 침대에 눕히니 5분 만에 눈을 스르륵 감고 잠을 자는 것이었다. 다음 날도 그랬고 또 다음 날도 그랬다. 신기했다. 이제 눕히고 백색소음을 틀어주기만 하면 잠을 잤다. 생후 70일밖에 안 되었는데 통잠을 8시간 이상 잤다. 수면 교육에 성공한 것이다.

내 딸은 지금도 주위 또래에 비해 잠을 잘 잔다. 먹는 것도 잘 먹고 건강하다. 주변에서 어떻게 이렇게 잘 자고, 잘 먹느냐며 놀랜다. 내 딸은 자기도 모르게 습관이 된 것이다.

수면 교육은 아주 작은 일들이 반복해서 이뤄낸 성과였다. 습관이란 건 이렇게 만들어지는 것이었다.

사람들은 메모를 중요하게 생각하지만, 마음처럼 쉽게 메모를 잘 하지 못한다. 메모하는 습관을 들이기가 힘들기 때문이다. 나 역시 메모습관을 만드는데 시간이 꽤 걸렸다. 요즘은 스마트폰 하나면 다되는 세상이다. 노트와 펜을 가지고 다니면서 무언가를 적는다는 행위가 촌스럽게 느껴지기도 한다.

나는 메모습관을 만들고 싶어서, 쓰진 않더라도 다이어리를 항상 들고 다녔다. 집에 갈 때, 직장 갈 때도 들고 다니고 외출할 때도 들고 다녔다. 쓰진 않았다. 내가 한 것은 그냥 다이어리를 들고 다니는 것이 전부였다. 들고 다니다 보니 뭔가 쓰고 싶다는 마음이 조금씩 들었다. 많이 쓰지는 않았다. 약속시간을 체크하고, 내일 할 일을 적었다. 매일 조금씩 반복했다. 이제는 적는 것이 습관이 되었다. 정확히 며칠이 걸렸는지는 모르겠다. 어쨌든 습관이 내 몸에 자리를 잡았다.

《아주 작은 반복의 힘》의 저자인 로버트 마우어는 "30분을 운동하기 힘들다면 1분이라도 운동하라. 1분도 힘들다면 1분이라도 서 있어라."라고 말한다. 뇌는 변화하기 싫어하는 성질이 있다. 변화라는 것을 인지하지 못할 정도로 변화의 정도를 뇌에 아주 가볍고 작게 줘야 한다. 습관은 이렇게 만들어진다.

내 아내에게는 아주 독특한 습관이 하나 있다. 식사할 때 본인의 밥이 많든 적든 밥을 항상 한 숟가락을 내게 덜고 먹는다. 한 공기를 가지고 와도 덜고, 반 공기를 가지고 와도 던다. 심지어 반의반 공기를 가지고 와도 빠짐없이 내게 꼭 한 숟가락을 덜어냈다. 결혼하고 처음에는 '밥이 많아서 그러는구나.' '천상여자네!' 라고 생각했다. 그러다가 너무 궁금해서 아내에게 물어봤다.

"여보, 왜 항상 밥을 먹을 때 한 숟가락을 덜고 먹어?"

아내는 나의 질문에 쑥스러운 듯 대답했다.

"내가 예전 20대 초반 때 살이 많이 쪘었어."

"그때 항상 밥을 한 숟가락씩 덜고 먹었거든."

"그래서 이게 습관이 되었나 봐."

나는 그제야 아내에 대해 이해할 수 있었다. 10년이 넘은 지금까지 그 행동이 반복하는 모습을 보며 습관으로 굳어졌다는 것을 알게 되었다.

사람은 자기도 모르게 어떠한 습관이 몸에 배게 된다. 좋은 습관도 있고 나쁜 습관도 있다. '공부의 신'으로 불리는 강성태는 《강성태의 66일 공부법》에서 "습관을 만들기 위해서는 매일 반복되는 일상에 자기가 목표하는 것을 붙여라."라고 했다.

우리는 감기에 걸리면 약을 먹는다. 식후 30분 후에 먹으라고 한다. 나는 식후에 먹으면 더 효능이 있어서 그렇게 하는 줄 알았다.

그게 아니었다. 약을 빼먹지 말고 먹으라는 배려 깊은 운동이었다. 식사는 매일 하기 때문에 잊을 일이 없었던 것이다.

나는 다른 좋은 습관을 만들기 위해 계속 도전을 하고 있다. 샤워하기 전에 팔굽혀 펴기를 한다. 또 출근하면 사무실 의자에 앉자마자 5분 정도 독서를 한다. 그 외에도 통기타연습, 턱걸이, 한자 공부 등 좋은 습관을 만들기 위해 노력하고 있다. 매일 반복하는 행동에, 하고 싶은 목표를 붙이면 습관으로 만들기가 확실히 수월하다. 그리고 좋은 습관을 만들기 위해서는 반드시 보상이 뒤따라와야 한다. 아무런 보상 없이 하면 사람의 열정은 그리 대단하지 않기 때문에 금방 식어버리고 만다.

교도소에 수용자들은 가만히 거실(감옥)에 앉아 있는 것이 아니다. 하루 종일 일을 하든지 교육을 받는다. 그것이 법으로 정해져 있다. 이들은 열심히 생활한다. 한여름에도 땀을 흘려가며 청소를 하고 작업을 한다. 직원에게 점수도 잘 받을 수 있고, 가석방도 나갈 수 있기 때문이다.

'수용자들에게 이런 보상이 없다면 과연 열심히 할까?'

할 수도 있겠지만, 사람으로서 결코 쉬운 일은 아닐 것이다.

메모습관을 만들고 싶다면 자신에게 작은 보상이라도 줘보라. 나는 메모장에 기록을 한 번 할 때마다 별 스티커를 다이어리에 붙였다. 그리고 10개가 모이면 카페에 가서 아메리카노 한 잔씩 사서 마셨다. 소소한 것이지만 이런 식으로 자신에게 보상해준다면 작은 것들이 모여 습관으로 만들어지는 데 수월할 것이다.

메모습관을 갖기 위해 조급할 필요는 없다. 한 번에 습관을 들이려 한다면 금방 지치게 된다. 나는 그동안 많은 것들을 시도하고 도전하면서 살았다. 열정은 대단했지만, 시작한 지 한두 달이면 지쳐버렸다. 금방 결과를 얻으려 했기 때문이다.

메모습관을 가지고 싶은가. 우선 조금씩이라도 매일 반복해서 하는 것이 중요하다. 그것도 부담스럽다면 펜이나 노트라도 들고 다녀라. 그리고 그것에 대한 작은 보상이라도 자신에게 줘보라. 메모습관을 갖게 되면 모든 것을 가졌다고 분명 말하게 될 것이다.

하루 10분, 아니 1분씩이라도 좋다. 반복적인 행동으로 습관을 만들어라. 메모습관 하나로 인생이 180도 바뀌게 될 것을 확신한다.

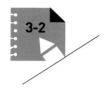

3-2

메모가 곧 스펙이다

신경과학자 리처드 레스탁(Richard Restak)을 비롯한 많은 과학자들이 "인간은 신생아 때부터 노인에 이르기까지 외부 환경에 변화를 줌으로써 뇌의 시냅스 구조를 변화시킬 수 있다."라고 했다. 말 그대로 나이와 상관없이 뇌는 언제든 회복될 수 있다는 말이다. 뇌는 우리 몸속에 그 어떤 기관과도 다르다. 심장·간·폐·신장 등의 기관은 사용할수록 기능이 떨어진다. 하지만 뇌는 사용할수록 기능이 향상된다.

그럼 어떻게 해야 뇌를 잘 사용할 수 있을까? 새로운 것을 배우고 공부하고 도전하는 사람들의 뇌가 건강하다고 한다. 제2의 뇌인 손을 많이 사용하는 사람들의 뇌가 건강하다.

둔한 머리가 총명한 머리를 이긴다

우리나라 사람들보다 유대인들의 아이큐가 평균적으로 낮다고 한다. 그러나 그들은 책을 손에서 떼지 않고 토론을 좋아한다. 손으로 쓰는 훈련도 되어있어서 자는 뇌를 항상 깨운다. 어느 민족보다 뇌를 건강하게 관리한다.

반대로 빈둥빈둥 시간을 흘려보내고, 술, 담배, 카페인을 좋아하면 뇌 건강에 좋지 않다. 책과 공부에 담을 쌓고 살아가고, 매사가 부정적이고, 타인의 시선과 결과에 크게 신경 쓰는 사람들은 뇌가 활성화되지 않는다고 한다.

대부분의 청소년들이 학창시절 12년을 공부해서 좋은 대학에 들어가려고 한다. 취업도 기왕이면 고스펙을 쌓아 안정되고 전망이 좋은 직장으로 입사하려고 한다. 그 자체는 잘못된 것은 아니다. 하지만 세상이 만들어 놓은 틀 안으로만 맞춰 살려고 하는 기계적인 삶이 너무 안타깝다.

KBS1 《명견만리》라는 프로그램에서 수능 만점자 4명을 인터뷰한 영상을 보았다. 그들은 높은 점수를 받아서 소위 모두가 부러워할 만한 대학에 들어갔다. 하지만 그동안 자신들이 들인 노력과 시간에 비해서는 사고력이나 생각하는 능력은 턱없이 부족하다고 고백했다.

우리나라가 전 세계에서 가장 많은 사교육비를 지출한다고 한다.

OECD 평균보다도 두 배 이상 높다. '자신은 못 먹고 못 입어도 자녀는 잘 가르치자' 라는 부모님들의 희생이 만들어 낸 결과이다.

반면에 가장 낮은 사교육비를 지출하는 나라는 핀란드다. 하루 공부하는 시간도 우리나라에 1/3밖에 되지 않는다. OECD에서 실시하는 PISA(국제학생프로그램)가 있다. 근소한 차이로 핀란드가 1위, 우리나라가 2위를 했다. 충격적인 사실은 학습효율화지수(한 시간 공부할 때 점수를 몇 점을 올리는지 분석한 지수)에서는 핀란드는 동일하게 1위, 우리나라는 24위를 했다. 학습효율화지수가 낮다는 건 우리나라가 비효율적인 교육을 받고 있다는 말이다.

공부는 높은 스펙을 만드는 것이 본질이 아니다. 삶을 잘 영위할 수 있는 자신의 생각을 만들어 내는 것이 공부의 본질이다. 이제는 공부를 위한 공부, 스펙을 위한 스펙이 되면 안 된다. 하루를 공부하더라도 한 시간을 공부하더라도 효율적인 공부를 해야 한다.

독일 학생들은 책 한 권을 읽으면 손바닥만 한 카드에 책의 내용을 요약해서 정리한다. 자신의 생각을 덧붙이고 자신이 쓴 카드 위에 제목을 적는다. 이 카드들이 쌓이고 쌓이면서 자신만의 자산이 된다. 사고와 논리가 만들어지는 것이다. 이것이 독일 학생들의 공부법이다.

메모는 꼭 기억력을 복원하는 용도로만 사용되지 않는다. 독일 학생들처럼 훌륭한 공부 방법으로도 사용할 수 있다. 메모하기 위해서는 요약을 하며 적어야 한다. 수업을 잘 들어야 요약도 잘 한다. 메모해야겠다고 생각하면 상대방의 말에 집중할 수밖에 없다. 책은 눈으로만 읽으면 안 된다. 정리해야 내 것이 된다. 그럼 뇌는 활발하게 움직이게 된다. 머릿속에 깊이 오래 남을 수 있게 된다.

나도 처음부터 정리를 잘 했던 것은 아니다. 책을 읽으면 다시는 거들떠보지 않는 독서 생활을 해왔다. 남는 게 없었다. 이제는 책을 사면 앞표지에 날짜를 먼저 적는다. 지금부터 읽겠다는 암묵적 표시이다. 책 한 권을 다 읽고 나면, 마친 날짜도 적는다. 이렇게 해놓으면 언제부터 언제까지 읽었는지도 알 수 있다. 읽은 후 책을 요약하고 정리해서 컴퓨터에 날짜와 함께 잘 기록해 놓는다. 이게 나의 공부 방법이다.

아무것도 아닌 거 같은 나의 메모습관이 지금의 나를 만들었다. 매일 배우는 자세로 살게 되었다. 그 어떤 사물이나 자연환경도 대충 보지 않는다. 모든 것이 콘텐츠 소재이다. 메모를 하면 콘텐츠가 넘쳐난다. 남들은 어떤 콘텐츠를 만들까 고민할 때, 나는 어떤 콘텐츠를 가져다 쓸까를 고민한다. 메모로 모아놓은 나의 데이터베이스에는 콘텐츠 재료들이 가득하기 때문이다.

자신에게 주어지는 모든 것을 기록하는 일은 매우 의미 있고 훌륭한 일이다. 자신이 좋은 대학을 다니고, 높은 토익점수를 받았다고 해서 인정해주는 세상은 이미 끝났다. 이제는 남이 없는 특별함이 필요하다. 특별함이 스펙인 시대이다.

어느 모임에서 자신을 소개한다고 해보자. 남의 이목을 집중시키기 위해서는 이전에도 없었고, 앞으로도 없을 것을 내놓는 것이 필요하다. 자신만의 이야기와 자신만의 경험과 자신이 만든 콘텐츠가 필요하다. 그러면 지루하지 않고 사람들이 자신의 이야기를 잘 들어준다. 이것들을 구사할 수 있는 유일한 통로가 바로 메모이다.

SK에너지㈜ 서일황 과장은 "인생을 편하게 살고 싶다면 메모를 하고, 힘들게 살아도 좋다면 그냥 머리로만 기억하라."라고 말한다. 인생을 쉽게 풀어가기 위해서는 메모가 필수다.

작은 것이라도 무언가를 위해 계속 도전하고 배우는 일은 의미가 있다. 나는 청소년들과 청년들에게, 무기력하게 사는 사람들에게 다양한 도전을 해보고 배워보라고 말 하고 싶다. 그리고 실제로 그렇게 얘기를 해주고 있다. 그중에서도 가장 1번으로 말해주고 싶은 것은 단연 "메모를 습관화하라!"이다.

'메모가 뭐 그리 대단한가!' 라고 말할지도 모르겠다. 하지만 메모가 스펙이 될 수 있는 세상이 왔다. 아무것도 잘 하지 못한다고 해도 메모습관만 나의 것으로 만든다면, 당신이 원하는 목적지로 데려다 놓을 거라 단언하여 말할 수 있다.

사람은 늘 불안하다. 불안하게 하루하루를 살아간다. 1초의 앞도 볼 수 없고, 그 어떤 것도 예측할 수 없기에 불안하게 살 수밖에 없다. 그래서 미래가 두렵다. 소유로는 부족하다. 보여야 한다. 기록하면 과거가 눈에 보이고, 미래가 눈에 보인다. 자신이 기록한 계획을 살아내기만 하면 된다. 어느 정도는 그 불안함을 충분히 해소하며 살 수 있다. 불안함 없이 살 수 있는 삶. 이것보다 더 큰 스펙이 어디 있겠는가.

메모는 더 이상 어떤 누군가에게만 가지고 있는 습관이 아니다. 앞으로 모두가 가져야 할 필수 습관이다. 메모하라. 메모습관이 당신의 멋진 스펙으로 남을 거라 확신한다.

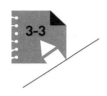

3-3

메모로 멈춰 있는 자신을 일으켜라

페이스북 창시자 마크 저커버그에게 회색 티셔츠만 입는 이유를 묻자 대답했다.

"저는 제 삶을 간결하게 만들고 싶습니다. 공동체에 잘 기여할 수 있는 방법을 제외하고는 최소한의 의사결정만 하고 싶습니다."

스티브 잡스가 검은색 터틀넥과 청바지만 입는 이유 역시 비슷하다. 그들은 선택의 피로를 줄이고 삶을 단순하게 만들었다. 자신의 뇌를 창조적인 곳에만 사용하기 위해서다.

삶이 단순해지고 규칙적인 생활을 하면 에너지가 많이 소비되지 않는다. 그때 우리의 뇌는 뜻밖의 일을 하기 시작한다. 비슷한 것 속에서 '다른 것'을 찾아내는 일이다. 세상을 바꾼 사람들은 남이 보지 못하는 것을 본다. 우리와 똑같이 머리도 하나이고, 똑같이 눈도 두 개다. 그러나 그들은 남이 생각해내지 못하는 것을 생각하고 실행하며 살아간다.

삶을 단순하게 만들 필요가 있다. 하루에도 우리는 많고 잦은 선택을 하며 살아간다. 결국, 더 집중해야 하는 일에 집중하지 못하며 살고 있다는 말이기도 하다. 인스타그램 창업자 케빈 시스트롬도 "성공의 결정적인 비결을 꼽으라면 '집중' 이다." 라고 했다. 우리는 집중해야 하는 일에 집중하며 살아야 한다. 미니멀 라이프도 다르지 않다. 불필요한 부분을 잘라내고 더 나은 가치에 집중하는 것이다. 집중을 잘 하기 위해서는 내 주변을 단순화시켜야 한다. 가지 수를 줄이는 것은 중요하다. 머릿속을 정리하여 단순한 상태로 만들어 놓는 것은 더욱 중요하다.

머릿속을 잘 정리하기 위해서는 메모만한 것이 없다. 세상을 바꾼 사람들은 자신의 머릿속을 메모와 기록으로 정리하는 것에 탁월했다. 잡다한 생각들을 펜으로 정리해두면 보다 창의적이고 진취적인 일에 몰두하며 살아갈 수 있기 때문이다.

우리나라 영화감독인 곽경택 감독은 지독한 메모광으로 유명하다. 그는 항상 다이어리를 들고 다닌다. 뭔가 조금이라도 특이하거나 재미있는 대사가 떠오르면 기록한다. 영화적으로 써먹을 만한 것이 있으면 전부 적어놓는다. 예전 삼성그룹 이병철 회장의 '경영 15계명'에 "메모에 미친 사람이 돼라!"가 있다. 큰 그룹으로 성장할 수 있었던 이유는 '메모'라는 경영철학이 담겨 있었기 때문이다.

'메모'는 쓰려져 있는 사람을 일으키는 힘이 있다. 역사를 보면 늘 그랬다. 자신의 삶을 안주하게 만들지 않는다. 계속 꿈을 심어주고 그 꿈을 향해 나아갈 수 있도록 도와준다. 메모 하나 했을 뿐인데 그 메모가 한 사람의 삶을 송두리째 바꾼다.

나도 메모로 인생이 바뀌었다. 남에게 가르침만 받던 내가, 이제 남을 가르치는 사람이 되었다. 남에게 줄 수 있는 것이 생겼다. 내가 가진 것을 주니 행복도 두 배로 커졌다. 메모는 내게 행복을 물어다 주었다.

작가를 꿈꾸고 있다. 사실 나의 꿈 리스트에 작가는 없었다. 책상에 앉아서 하는 일은 딱 질색이었기 때문이다. 메모를 하다 보니 손글씨에 관심이 갔다. 글쓰기와 책 쓰기까지 관심이 닿게 되었다. 글을 쓰려니 독서가 빠질 수 없었다. 책을 가까이하는 삶까지 연결이 되었다.

"천 리 길도 한 걸음부터"라는 속담이 있다. '작은 한 걸음이 뭐 그리 대단하냐?'라고 말할 수 있다. 한 발을 내딛는 순간부터 많은 것들이 따라붙기 시작한다.

교도관이 된 지 7년째 되던 해, 관리과 물품 일을 맡게 되었다. 물품 일은 내게 생소했다. 교도소 안에 있는 모든 물품을 관리하는 일은 생각보다 쉽지 않았다. 특히 사람 만나는 일을 좋아하던 내가, 아무 반응 없는 물품들과 하루 종일 시간을 보내야 하는 것은 여간 어려운 것이 아니었다. 처음으로 교도관을 그만두고 싶다는 생각을 했다. 업무의 양도 어마어마했다. 뭐가 어떻게 돌아가고 있는지 내 능력으로는 도저히 가늠되지 않았다.

차근차근 내가 하는 모든 업무를 기록하기 시작했다. 기록이 내가 할 수 있는 최선이었다. 날짜를 적고, 시간도 분 단위로 끊어서 내게 일어나는 모든 이슈들을 적었다. 적다 보니 업무가 반복되어 돌아가는 사이클이 눈에 보이기 시작했다. 그때부터 자신감이 붙기 시작했다. 별거 아니라는 생각까지 들었다. 결국, 모두가 피한다는 물품 업무를 성실히 잘 수행할 수 있었다. 그해 연말에 서울지방교정청장상을 받는 영광을 누리게 되었다.

《노트의 기술》의 저자 이상혁은 "메모를 잘 하는 첫 번째 단계는 요약이 아니라, 꼼꼼히 적는 것이다."라고 했다. 요약보다는 내 안에 일어나는 모든 일들을 무식하게 적다 보면, 모든 실마리는 풀리게 되어있다.

메모를 잘 하던 B 씨는 도중에 포기하고 내게 이런 말을 했다.

"메모를 해봤는데 그렇게 내 삶이 달라지는 건 없던데요?"

"괜히 번거롭기만 하고 이걸 굳이 계속해야 하나 싶어요…"

맞다. 메모만 열심히 한다고 자신의 삶이 크게 달라지지 않는다. 메모 자체에는 능력이 없기 때문이다. 메모는 다시 보기 위해 하는 것이다. 다시 보고 실행으로 옮길 때 변화가 된다. 그는 메모만 할 뿐, 자신이 썼던 메모를 다시 보지 않고 있었다.

메모의 중요성이 30%라면, 메모한 것을 다시 보는 중요성은 70%라고 생각한다. 보는 것이 더 중요하다. 다시 말하지만, 메모는 보려고 하는 것이다. 쓰는 것과 보는 것은 떼려야 뗄 수가 없다.

누구나 이런 경험이 한 번쯤은 있을 것이다. 누군가에게 또는 좋아하는 사람에게 카톡을 보냈다. 답장이 오지 않는다. 숫자 1이 사라지지 않는다. 그러다 숫자 1이 사라졌다. 답장이 오지 않는다. 답장이 오지 않으면 그것처럼 답답한 것도 없다. 소심해진다. 그럼 자신이 보낸 카톡 내용이 문제가 있는지, 내가 혹시 실수하진 않았는지, 다시 보고 또 보게 된다. 이 과정 속에서 나 자신을 돌아보게 된다. 자신이 한 메모를 보며 깊은 묵상도 하게 된다. 자아 성찰을 하는 것이다. 그럼 변화된다. 보다 나은 자신이 된다. 그래서 다시 보고 또 보는 것은 중요하다.

'자기평가 노트'라는 게 있다. 누군가 자신의 단점을 말해줄 때 적어놓는 노트이다. 사실 단점을 지적받으면 기분이 나쁘다. 아무리 좋게 생각하려 해도 그 순간만큼은 말한 그 상대방에게 화가 난다. 우스꽝스러운 가수 신바람 이박사는 "칭찬을 들을 때는 한 귀로 흘려 듣고, 지적을 받을 때는 새겨듣는다."라고 했다.

누구나 사람마다 장단점은 있다. 자신의 장점을 살려 정진하는 것은 멋진 일이다. 그러나 자신의 단점을 고쳐가며 더 나은 자신을 만들어가는 일 또한 아름답다고 생각한다. 자신의 부족한 점을 알고 있다는 것은 많은 사람들에게 위로와 감동을 더해 준다.

내게도 단점이 무수히 많다. 성격도 급하고, 욱하는 성질도 있고, 의지와 끈기도 부족하다. 나는 나의 단점들을 나만 볼 수 있는 메모장에 적어놓았다. 금방은 아니겠지만, 항상 나 자신의 부족함을 바라보고 직시하면서 고쳐나가고 싶기 때문이다. 당신도 단점이 무엇인지 생각해보고 단점을 노트에 적어보라.

메모의 중요성은 다 안다. 메모하면 좋다는 것도 안다. 귀찮고 번거롭고 힘든 게 문제이다. 나는 지금도 그렇다. 좋은 아이디어가 떠오르고, 적고 싶은 게 생길 때도 바로 적지 않을 때가 있다. 불과 1m 앞에 다이어리가 눈에 보이는데 가지러 가기가 귀찮을 때가 한두 번이 아니다. 끊임없이 나 자신과 싸운다. 계속해서 나에게 암시를 준다.

'나는 메모광이다!'

'나는 메모작가다!'

'나는 메모 동기부여가다!'

이렇게 하면 없던 힘이 그나마 생겨 몸을 일으키게 된다.

내가 좋아하는 작가 강원국은 글을 쓰기 위해 매일 아침 산책을 하고 아메리카노를 사서 마신다. 그리고 집에 와서 샤워를 하고 책상에 앉아 글을 쓴다고 한다. 자신의 뇌를 글을 써야 하는 모드로 맞춰주는 것이다. 수영선수 박태환도 시합 전에 귀에 음악을 들으며 자신을 컨트롤 한다. 국민 강사 김미경도 "내가 제일 좋아하는 일이 강의를 하는 것이고, 내가 제일 하기 싫은 일이 강의를 준비하는 일이다."라고 했다.

사람은 다 비슷하다. 심지어 메모광이었던 위인들도 메모하는 것이 귀찮고 힘들었을 때도 있었을 것이다. 하지만 그 귀찮음도 하나의 과정이다. 나약함도 하나의 과정이다. 끊임없이 반복하고 자신에

둔한 머리가 총명한 머리를 이긴다

게 암시하며 노력하다 보면 메모가 당신 삶에 없어서는 안 될 중요한 도구가 될 것이다.

무심코 적은 단어 하나가
빅 아이디어를 만든다

지금은 정답보다 아이디어가 중요한 시대이다. 좋은 아이디어 하나면 돈방석에 앉는다는 말이 과언이 아니다. 이 시대를 이끌어 가고 있는 조프 베이조스, 마크 저커버그, 마윈, 래리 페이지 같은 사람들이 그렇다. 아이디어 하나로 정상의 자리에 올랐다.

우리나라에서도 스타트업에 많이 뛰어들고 있다. 자신의 반짝이는 아이디어가 있으면 빚을 져서라도 스타트업 시장에 진출을 한다. 그들은 좋은 아이디어로 모두가 부러워하는 삶을 산다. 이제는 아이디어 하나만 있으면 충분히 성공할 수 있다. 그렇다면 좋은 아이디어는 어떻게 만들어지게 되는 것일까. 가만히 앉아 있기만 한다고 하늘에서 떨어지는 것은 아니다. 아이디어는 수많은 경험과 독서를 통해 만들어진다. 인풋이 있어야 아웃풋이 있다.

경험과 독서를 많이 하면 생각이 많아진다. 자신이 고집해 왔던 생각과 가치가 바뀌게 된다. 새로운 정보들과 자신이 가지고 있는 정보들이 부딪히며 화학반응이 일어난다. 그때 그 반응들을 입으로 또는 기록으로 꺼내어 놓으면 좋은 아이디어가 되는 것이다.

직장에서도 기발한 아이디어를 가지고 있는 사람을 선호한다. "가만히 있으면 중간이라도 간다."라는 말은 이제 옛말이다. 설사 눈총을 받는다 할지라도 들이대고 나서야 한다. 자신의 주장을 강하게 피력할 줄 알아야 한다. 아니면 그만이다. 말해야 움직이고, 움직여야 세상이 바뀐다. 멀뚱멀뚱 있으면 아무도 자신을 인정해주지 않는다.

나는 학창시절 수업시간에 손을 들고 질문도 제대로 못 하던 사람이었다. 숫기가 없었고, 내성적이었다. 친구들을 만나면 말하기보다 듣는 편이었다. 내 주장으로 이끌어가기보다 남의 주장을 따라가던 사람이었다.

메모와 기록을 시작하고부터 내게도 근거가 생겼고, 논리가 생겼다. 자신감이 생겼고 말에 힘이 실렸다. 이제 어디서든 내 주장을 말하는 사람이 되었다. 내가 가지고 있는 생각이나 아이디어를 내놓는 사람이 되었다.

소설가 최옥정은 "대부분의 사람들은 좋은 변화보다 나쁜 안정을 선택한다."라고 했다. 우리 자신은 변화되기를 갈망하며 살지만, 변화를 위해서 힘든 노력은 하지 않으려고 한다. 그렇게 해서는 끝까지 이 나쁜 안정에서 빠져나올 수가 없다. 변화하기 위해서는 움직여야 한다. 몸이나 머리가 아니라, 손을 움직여야 한다. 손으로 쓰면 내 삶 전체가 움직인다.

나는 좋은 아이디어가 떠오르면 바로 메모장에 적는 습관이 있다. 적지 않으면 자꾸 그 생각들이 머릿속을 맴돌아 그 어떤 것에도 집중할 수가 없다. 종이가 있다면 종이에 적는다. 핸드폰이 손에 쥐어져 있으면 핸드폰에 적는다. 적어놓은 것들은 언제나 좋은 재료로 사용된다. 좋은 땔감이 된다.

가장 기분 좋을 때가 있다. 전혀 생각지 않은 단어가 떠오를 때다. 세상의 일들은 대단히 긴 문장으로 시작되는 것이 아니다. 세상의 모든 일들은 단어 하나로 시작된다. 음악, 패션, 춤 모든 것이 그렇다.

나는 곡을 쓸 때 대체적으로 단어 하나로 풀어가는 편이다. 어떤 단어를 쓰느냐에 따라서 곡의 색깔이 좌지우지되기 때문이다. 그래서 내게는 좋은 단어 하나 만나는 것이 무엇보다 중요하다.

글을 쓸 때도 마찬가지다. 노트북 앞에 앉아서 타자에 손을 올려놓

둔한 머리가 총명한 머리를 이긴다

는다고 글이 써지는 것이 아니다. 글쓰기는 많은 자료를 통해서 쓰인다. 그래야 공감이 되고 설득력이 있게 된다. 은유 작가의 《쓰기의 말들》에서 "나는 책을 쓰기 전에 '글을 쓰자!' 가 아니라, '자료를 찾자!' 로 시작한다."라고 했다. 유명한 작가들도 자료가 없으면 글을 쓰는 게 쉽지 않다. 자료를 찾다 보면 그 많은 자료들이 나를 들어 글을 쓰는 자리로 앉혀놓는다. 그럼 그 자리에서 신나게 글을 쓰면 되는 것이다. 한가로운 고속도로 위를 달리는 자동차처럼 술술 써진다. 모든 훌륭한 작품은 이렇게 나오는 것이다.

지금 이 시대를 잘 살기 위해서는 아이디어 샘물이 마르면 안 된다. 항상 아이디어 샘물이 잘 흐르도록 만들어 놔야 한다. 그것이 내게는 바로 기록이고 메모이다.

도토리를 저장하는 다람쥐처럼, 새 중에서도 음식을 저장하는 새가 있다. 바로 '어치' 라는 새이다.

어치는 도토리나 밤과 같이 잘 썩지 않는 열매를 열심히 목 부분에 담고 저장 장소에 옮겨 놓는다. 저장 장소는 주로 땅에 구멍을 낸 후 그 속에 집어넣는다. 그 위에 낙엽이나 이끼 등으로 덮어 놓는다. 어치는 먹이를 저장한 위치를 잘 기억한다. 감춰두었던 먹이를 쉽게 찾아낸다. 어치가 겨울을 버티고 나면, 먹다 남은 도토리는 봄에 싹을 틔운다. 이 싹들이 자라나 영역을 확장하며 숲을 울창하게 한다.

메모는 버릴 것이 없다. 어치가 먹이를 잘 저장해 놓은 것과 같이, 저장하고 잘 묵혀두면 언젠가는 반드시 쓰이게 되어있다. 얼굴에 여드름이 났다고 아무 때나 짜면 안 된다. 잘 짜지지도 않고, 흉터가 대번에 생긴다. 결혼을 하고 아내에게 배운 것이 있다면 여드름은 익을 때까지 놔두는 것이다. 그럼 세수하면서 흉터 없이 알아서 없어진다. 뭐든 묵혀두고 기다리는 것이 중요하다.

마른 수건을 뒤튼다고 물이 한 방울이라도 떨어지겠는가. 항상 메모와 기록을 통해 그리고 수집을 통해 내 콘텐츠 창고를 촉촉하게 만들어 놔야 한다. 언제든 뒤틀어도 물이 뚝뚝 떨어질 수 있도록 말이다.

작년에 글쓰기 수업을 받은 적이 있다. 과제가 있었다. 매주 자신의 주제로 A4용지에 두 장씩 써 오는 것이었다. 여러 가지 자료를 바탕으로 몇 날 며칠을 걸려 95%를 완성했다. 마음잡고 조금만 더 쓰면 되는 상황이었다. 생각처럼 잘 써지지 않았다. 세 줄만 채우면 되는 상황이었다. 뭘 써야 할지 도무지 생각이 나지 않았다.

어느 날 퇴근을 하다가 문득 다른 주제의 글감이 생각났다. 메모를 해두고 집에 오자마자 노트북을 켰다. 메모한 것을 보며 글을 확장 시켜 나갔다. 한 시간 만에 처음부터 끝까지 A4용지 두 장을 완성 시켰다. 이것으로 과제를 냈다. 강사님은 너무 잘 썼다며 내게

둔한 머리가 총명한 머리를 이긴다

에이 플러스 점수를 주셨다. 95% 완성된 그 글은 아직도 완성되지 않았다.

생각은 이처럼 삽시간에 일어난다. 엉덩이로 앉아서 결과를 만들어 낼 때도 있지만 지나가는 생각을 잡아내면 더 좋은 결과물로 이어질 때도 많다. 종이라는 그물과 펜이라는 낚싯대로 떠다니는 생각을 잡아내는 일은 이처럼 중요하다.

우리의 인생은 언제 어떻게 변할지 모른다. 그렇기 때문에 그 누구도 함부로 판단해서는 안 된다. 하지만 준비된 자에게만 그 기회가 온다. 아무것도 하지 않고 입만 벌리고 있다고 떡이 떨어지지는 않는다.

하루를 무의미하게 만들고 있는 것들을 이제 놓아라. 나쁜 습관을 놓아야 좋은 습관을 잡을 수 있다. 삶 속에서 떠오르는 생각들을 잡아서 기록하는 습관을 만들어야 한다. 기록을 하는 때와 시간은 없다. 모든 때가 기록하는 시간이다.

유대인들은 모범 정답을 외치고 말하는 사람을 칭찬하지 않는다. 좋은 질문, 기발한 질문, 다양한 질문을 하는 사람을 칭찬한다. 어떤 사람도 하지 않은 질문, 어떤 사람도 하지 못한 대답을 하는 사람을 우수한 사람으로 평가한다.

이제 모범 정답에서 그만 빠져나오자. 자신이 만든 답으로 세상을 바꿔보자.

인생의 답도 자신의 철학과 가치도 기록에서 나온다. 끊임없이 기록하고 또 기록하라. 무심코 적은 단어 하나가 빅 아이디어를 만든다.

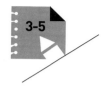

3-5

눈이 아닌 손으로 읽는 독서법

'아… 정말 멘붕이다…'

　　내 방 책장에 꽂혀 있는 많은 책들을 보며 두 가지의 마음이 공존한다. 첫 번째는 뿌듯함이고, 두 번째는 허무함이다. 많은 책을 읽었다는 보람에 뿌듯하다. 하지만 그 읽은 책 중에 반 이상은 기억이 나지 않는다는 것이 허무하다.

잘 기억이 나지 않는 책 중에 한 권을 집어 펼쳐봤다. 새로웠다. 분명 읽은 것 같은데 문장 하나하나가 새롭게 다가왔다.

'어디서 주워듣고 본 건 있어가지고…'

책을 속독으로 읽은 탓이었다.

서점에 가보면 독서법에 관한 책들이 흘러넘치다 못해 바다를 이룬다. 대부분의 책들이 다독과 속독에 초점을 맞추고 있다. 나 역시 많은 책들을 빠르게 읽었었다.

'나는 그 책을 읽었어!' 라는 뿌듯함을 느끼고 싶었던 것이다.

그것은 독서의 시작이 잘못되어도 한참 잘못된 것이었다. 독서의 목적은 읽는 그 자체에 있는 것이 아니다. 그 지식을 통해 생각하고, 사고 활동을 하고, 거기서 영감을 얻어 행동으로 옮기는 데 있다. 천천히 정독하는 것이 중요하다는 것을 뒤늦게 깨닫게 되었다.

세계 인구의 0.2%밖에 되지 않지만, 노벨상의 22%를 차지한다는 유대인들에게는 특별한 독서법이 있다. 바로 책을 '소리를 내어 읽는다!' 라는 것이다. 책을 읽는 행위는 시각적이고 공간적인 지각 행위지만, 동시에 청각적이고 시간적인 지각 행위이기도 하다. 천천히 소리를 내어 글을 읽게 되면 단어 하나하나와 문장 한 줄 한 줄에 집중하게 된다. 글을 읽는 동안 청각화 된 소리가 뇌에서 이미지를 만들어 내고 감정을 만들어 낸다.

지금의 나는 책을 천천히 소리 내어 정독하며 읽는다. 확실히 머릿속에 입력되는 것이 다르다. 오래 기억된다. 여기서 한 가지 방법을 더 보태는 것이 있다. 바로 메모를 하며 독서 하는 것이다.

독서를 하다가 마음에 닿는 문장을 발견하면 그 문장 옆에 메모를 한다. 생각이 정리되고, 독서를 더 깊이 할 수 있기 때문이다. 한 달 동안 한 권의 책만 읽어도 상관없다. 독서의 힘은 '얼마나 많이 읽었느냐'에서 나오는 것이 아니다. '얼마나 제대로 읽었느냐'에서 독서의 힘은 빛을 발한다.

책을 제대로 읽었는지 안 읽었는지 알아보는 최고의 방법은 쓰기를 해보는 것이다. 정약용은 "독서는 뜻을 찾아야 한다. 만약 뜻을 찾지 못하고 이해하지 못했다면 비록 하루에 천 권을 읽는다고 해도 그것은 담벼락을 보는 것과 같다."라고 했다. 정약용은 적고 기록하는 초서 독서법을 강조했다.

일본의 '나다 학교'라는 곳이 있다. 지방 소도시에 있는 그저 그런 학교다. 대도시 아이들에게 열등감을 갖고 있는 거친 성격의 학생들이 대부분이었다고 한다. 이런 작은 학교가 어느 날 갑자기 전국에서 가장 유명한 학교가 되었다. 나다 학교가 도쿄 대학교 합격생을 가장 많이 배출하는 학교가 되었기 때문이다. 매년 이런 결과를 만들어 내다 보니 일본 교육계가 깜짝 놀랐다. 이것은 바로 《슬로리딩》의 저자인 '하시모토 다케시'의 '천천히 읽는 독서법'의 효과였다.

이처럼 독서는 책 한 권을 느린 속도로 읽으며 분석하고 토론하면 엄청난 파워를 가지고 온다. 여기에 손으로 하는 메모까지 곁들여져 자신의 생각을 정리하여 나눈다면 어찌 금상첨화이지 않을 수 있겠는가.

'책을 읽으며 굳이 메모를 해야 하나?'

'그렇게 하면 어느 세월에 책 한 권을 다 읽지?'

중국의 정치가였던 모택동은 "붓을 움직이지 않는 독서는 독서가 아니다."라고 말했다. 세 번 반복해 읽고 네 번 익히라는 '삼복사온(三復四溫)'을 굳게 지켰다. 독서광이었던 세종대왕은 100번 읽고 100번 베껴 쓰는 '백독백습(百讀百習)'을 했다. 손으로 쓰며 독서 하는 것은 슬로리딩과 반복독서의 장점을 모두 가진 궁극의 독서법이다. 이 독서법은 어느 독서법보다 뛰어나다.

책을 읽고 메모한 것을 그냥 덮어둔다면 행위로만 끝날 것이다. 그것 또한 언젠가는 잊힐 가능성이 높다. 나는 독서를 통해 메모한 것들을 컴퓨터에 옮겨 놓는 작업을 한다. 밑줄 친 글귀와 손으로 적어 놓은 내 메모들을 책 제목별로 분류하는 것이다. 그러면 그 책에 대한 내용을 한 번 더 상기시킬 수 있다. 저장해 둔 데이터베이스들이 쌓이면서 나중에 유용한 자료도 된다. 이 책도 지금 그 자료들로 쓰고 있는 것이다. 이것이 메모리딩의 가장 큰 장점이다.

또 책을 읽다가 모르는 단어가 나오면 우선 연필로 그 단어에 동그라미를 쳐 놓는다. 책을 다 읽은 후 동그라미 쳐 놓은 단어를 핸드폰 메모 앱에 적는다. 그리고 그 옆에 인터넷을 검색하여 관련 뜻을 적어놓는다. 그럼 나만의 단어장이 된다. 독서는 모르는 단어를 알아가는 재미도 있다. 그 단어들을 하나하나씩 알아갈 때 독서의 맛에 깊이 빠질 수 있다.

《나는 심플하게 말한다》의 저자 이동우 소장은 책 한 권을 10분 길이의 영상으로 소개하는 요약정리의 고수이다. 어려운 내용도 쉽게 정리해준다. SK, CJ, 한화 그룹 등 50여 개의 기업에 그의 콘텐츠가 소개되고 있다.

그는 "말을 잘 하지 못해 고민이라면 손으로 적는 연습부터 해라."라고 했다. 적으면서 생각이 정리되고, 집중력과 기억력도 좋아진다는 것이다. 이처럼 손으로 적는 연습을 하면 스피치 능력도 좋아진다.

눈이 아닌 손으로 적어가며 독서를 하면 뇌가 깨어난다. 손은 제2의 뇌라고 했다. 사람들은 기억하기 위해 메모한다고 한다. 틀렸다. 메모는 기억하지 않기 위해 메모하는 것이다. "전화번호 같은 건 기억하지 않습니다. 적어두면 쉽게 찾을 수 있는 것을 뭐 하러 머릿속에 기억해야 합니까?" 아인슈타인의 말이다.

자신의 자아 성찰과 창의적인 생각이 중요하다. 그러기 위해서는 반드시 기억으로부터 자유로워져야 한다. 남의 생각을 알기 위해 하는 독서는 의미가 없다. 인터넷 검색만으로도 충분하다. 독서는 자기의 것을 만들고, 자기 생각을 만들기 위해 하는 것이다. 손으로 적어가며 독서를 하면 생각이 정리가 된다. 남의 생각을 자기의 생각으로 만드는 것이 손으로 하는 독서이다.

이제 독서도 눈이 아닌, 손으로 하자.

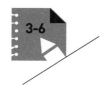

기록이 다이어트의 성공을 결정한다

'다! 이! 어! 트!'

이 네 글자는 여자라면 평생 관심 있는 단어가 아닐까.
사람들은 다이어트를 매번 결심한다. 하지만 매번 작심삼일로 끝
나버리고 만다. 어찌 다이어트뿐이겠는가. 사람의 의지는 약하기에
마음먹은 대로 살아가기가 쉽지 않다.

나 역시 바쁜 직장생활을 하며 몸이 약해졌었다. 건강이 무너졌었
다. 직장에 들어가고, 결혼을 하고, 자녀가 생겼다. 되는대로 살다
보니 평생 나오지 않을 거 같았던 배가 나오기 시작했다. 체력도 약
해져 몸이 자주 아팠다.

TV 드라마에 나오는 주인공들을 보면 새벽에 일어나 멋진 트레이

닝복을 입고 조깅을 한다. 근육질 몸매를 보이며 샤워를 하고, 멋진 양복을 갈아입은 후 사무실에 앉아 근사하게 일 처리를 한다. 저녁이 되면 집에 들어와 가족들과 즐겁게 시간을 보내다가 드넓은 침대에서 하루를 마감한다. 내게는 꿈만 같은 일상이었다.

도저히 이렇게 살면 안 될 거 같은 생각이 들었다. 무엇보다 체력이 약해지니 만사가 귀찮고 힘들었다. 용돈을 쪼개어 큰맘 먹고 헬스장에 등록했다. 운동을 시작한 지 일주일 째. 비가 오거나, 특별한 일이나 약속이 생기면 어김없이 헬스장에 나가지 않았다. 그렇게 한 달, 두 달이 지나고 나의 의지와 상황은 다시 원점으로 돌아왔다.

뭔가 계기가 필요했다. 이렇게 하다가는 시간만 흐르고, 남는 것은 없을 거 같았다. 달력에 일주일 단위로 헬스장에 가는 날만 체크해 보았다. 많이 가면 3일, 평균 1.5일이었다. 이렇게 체크를 해서 보니 내가 어떤 패턴으로 운동을 하고 있는지가 눈에 보였다.

처음에는 헬스장 가는 횟수를 3번으로 정했다. 못 지키면 일주일 동안 매일 화장실 청소를 하기로 아내와 약속했다. 가는 날에는 달력 날짜에 동그라미를 쳤다. 이렇게 정하고 나니 훨씬 수월했다. 부담이 덜 느껴졌다. 화장실 청소가 크게 동기부여도 되었다. 적응이 될 때쯤 4회, 5회로 횟수를 점차 늘리기 시작했다. 세 달이 지났을 때쯤에는 주말을 제외하고 하루도 빠지지 않고 매일 운동을 할 수 있었다.

다이어트에 성공하기 위해서는 이 세 가지를 지키면 성공할 확률이 높아진다.

첫 번째, 다이어트할 때 반드시 주변 사람들에게 소문을 내고 시작해야 한다.

다이어트를 하다 보면 지치는 순간이 온다. 생각보다 효과가 없을 때 더욱 그렇다. 이때 누군가가 응원해주고, 관심을 가져주면 없던 힘도 생긴다.

나는 아내에게 열심히 운동을 해보겠다고 말을 한 후 시작했다. 한번 목표를 정하면 반드시 이루고야 마는 훌륭한 남편으로 보이고 싶었다. 그만두고 싶을 때도 있었다. '오늘은 집에서 그냥 쉴까' 라는 나태한 생각도 밀려왔다. 아내의 눈치를 보게 되었다. 그럼 다시 내 발걸음은 헬스장을 향하고 있었다.

가족에게 말하는 것이 가장 좋다. 매일 체크가 되기 때문이다. 가족이 힘들다면 자주 연락하는 친구에게 말하라. 그 친구가 "너 오늘 운동 갔어?" 라고 물어볼 것이다.

두 번째, 사람은 보상과 벌칙이 있어야 움직인다.

운동과 다이어트는 길고 긴 싸움이다. 1~2달 한다고 효과가 나타나지 않는다. 적어도 6개월은 해야 조금씩 반응이 온다. 이 장거리 경주를 무엇으로 버틸 수 있을까.

헬스장에서 TV를 보며 러닝머신을 해본 경험이 있을 것이다. TV를 보면서 하면 30분이란 시간은 금방 간다. TV 없이 벽을 보면서 뛰면 30분이 천리만리다. 음악이라도 들으면서 뛰어야 한다.

이렇듯 다이어트라는 긴 여행을 위해서 중간에 뭐가 하나라도 있어야 한다. 눈에 보이고 피부로 느껴지는 것이 있어야 쉽게 지치지 않는다. 보상을 주는 것이 효율적이다. 그리고 실패를 했을 시 벌칙도 줘보라. 재미가 생긴다. 오기가 붙는다. 밋밋한 다이어트가 박진감 넘치는 게임이 된다.

마지막 세 번째, 다이어트는 기록하면서 해야 한다.

기록하면서 운동을 하면 자신의 성장 과정을 볼 수 있다. 자신의 행적을 한눈에 볼 수가 있다. 누구나 처음에는 의지와 열정을 가지고 시작한다. 돌이라도 씹어 먹을 기세다. 하지만 오래 못 간다. 결과물이 눈에 보이지 않으니, 초반에 금방 지치고 만다. 열심히 해봤자 소용없음을 느끼게 된다. 쉽게 포기하고 만다. 운동과 다이어트는 기록하면서 하는 것이 진리다.

오늘은 몇 시간 운동했는지, 어떤 운동을 했는지, 몇 회를 했는지, 무엇을 먹었는지, 몇 시간 후에 먹었는지 다 적으면서 하는 것이다. 체중도 틈나는 대로 적으면 좋다. 귀찮아도 적어야 한다. 적다 보면 적응이 된다. '오늘은 이만큼 했으니까, 내일은 이만큼 더 해봐야지!' 라며 없던 에너지와 힘이 생긴다.

무엇을 먹었는지 적는 것도 운동만큼이나 중요하다. 한의사는 환자에게 먹은 음식을 역 추적하여 치료한다.

"적을 알고 나를 알면 백전백승이다."

자신이 무엇을 먹었는지 알면 다이어트의 승산은 높아질 수밖에 없다.

어떤 음식을 '얼마나 먹느냐' 보다 '언제 얼마나 먹었는지' 가 체중 감량과 건강에 더 중요하다는 연구 발표가 있었다.

워싱턴 포스트에 의하면 미국 솔크 연구소 연구팀은 사람이 일정한 주기에 따라 먹도록 설계됐는지에 대한 의문을 해소하고자 했다. 그 결과 매일 특정 시간 내에 먹는 것이 체중 감량에 도움이 된다고 했다. 당뇨나 심장병과 같은 질병을 예방하는 데도 도움이 된다는 것을 알아냈다.

무엇을 먹었는지, 언제 먹었는지를 딱 한 달만 낱낱이 적어보아라.

그럼 자신의 패턴을 알게 될 것이다. 사람들은 워낙 바쁘게 살다 보니 자신이 오늘 아침에 뭘 먹었는지도 생각이 나지 않는다. 적으면 알 수 있다. 나의 일거수일투족을 알고 있으면 나 자신을 조절할 수 있다.

에디슨은 자신이 먹은 음식을 자세하게 기록했다. 육류는 거의 입에 대지 않았다. 아침부터 저녁까지 자신이 기록해 놓은 식단으로 먹었다. 이런 철저한 자기관리가 있었기에 세계를 움직일 수 있는 인물이 된 것이다.

아내는 내가 퇴근하고 집에 들어오면 항상 물어보는 질문이 있다.

"여보, 오늘 점심에 뭐 먹었어요?"

"오늘 점심? 글쎄… 뭘 먹었더라…"

불과 몇 시간 전에 먹은 건데도 쉽게 생각나지 않았다. 아내는 내가 점심에 먹은 메뉴와 저녁 메뉴가 겹치지 않게 준비하기 위해서였다.

아내를 위해 점심에 먹은 메뉴를 적기 시작했다. 습관이 되었다. 아내가 좋아했다. 별것도 아닌데, 이 자체만으로 아내는 좋아했다. 이것 또한 기록이 준 선물이다.

다이어트에 실패하는 이유 중 하나는 자신이 그렇게 많이 먹지 않는다고 착각하기 때문이다. 실제 비만인 사람들조차 자신이 많이 먹지 않는다고 생각한다. 식단을 적어보지 않으면 모른다. 우리는 예상외로 하루에 많은 것을 먹고 산다. 커피, 과자, 아이스크림, 과일 등. 기회가 된다면 하루 날 잡아서라도 빠짐없이 자신이 먹은 것을 다 적어보라. 아마 깜짝 놀랄 것이다.

《디지털 메모의 기술》저자 이석용은 "실천의 문제가 해결되지 않는다면 메모의 필요성을 또다시 이야기해야 한다."라고 했다. 기록을 하는 이유는 우리가 실천하기 위해서다. 내가 기록한 것들을 매일 보면 더 나은 나를 만들 수 있다. 사람마다 조금의 차이는 있을 수 있다. 하지만 기록을 하면 우리가 '실천' 할 수 있도록 도와준다. 힘을 불어 넣어준다. '목표달성' 이라는 네 글자를 고스란히 안겨준다.

다이어트는 힘들다. 안 해본 사람은 쉽게 속단하여 말할 수 없다. 하지만 기록을 하면서 해보라. 기록을 하면 다이어트 이상의 결과물을 얻게 될 것이다.

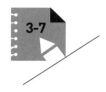

인생의 차이를 만드는 메모력

공자가 이런 말을 했다.

"여러 사람이 그를 미워하더라도 반드시 살펴보아야 하며, 여러 사람이 그를 좋아하더라도 반드시 살펴보아야 한다."

요즘 젊은이들은 생각을 잘 하지 않고 사는 거 같다. TV나 소셜 미디어에서 유행이 시작되고, 그것이 좋다고 하면 빛에 불나방이 뛰어들 듯 한 곳으로 몰려든다. 이런 현상을 요즘 말로 '쏠림현상' 이라고 한다.

블로그나 유튜브에서 제품을 리뷰(Review)하는 채널이 많다. 자신의 상황과 필요에 맞게 구매하는 것이 효율적인 삶이다. 하지만 대부분의 젊은 사람들은 모두가 좋다고 하면 비싼 돈을 주더라도 과분하게 그 제품을 반드시 손에 넣고야 만다.

제품뿐만이 아니다. 대학을 선택할 때나, 전공을 선택할 때나, 심지어 직업과 배우자를 선택할 때도 마찬가지다. 남이 좋다고 하면 뒤도 보지 않고 그 길로 가기 일쑤다.

내가 아는 친한 동생은 잘 다니던 회사를 그만뒀다. 공기업에 들어가겠다며 관련 책을 한 보따리를 사서 공부하기 시작했다. 이유는 유치하면서도 간단했다. 얼마 전 소개팅을 했는데 상대방이 공기업에 다닌다고 했단다. 그런 사람을 당당히 만나기 위해서는 자신도 준비가 되어야 한다고 했다.

자기가 본받고 싶은 사람을 따라가고, 동기부여가 되어 열심히 산다는 것은 훌륭한 일이다. 하지만 순간의 감정과 생각은 옳지 않다. 사람들이 말하는 대로, 세상이 흘러가는 대로 사는 것만큼 어리석은 것도 없다.

자기 생각이 사라지고 있다. 우리는 생각이 멈춘 시대를 살고 있다. 고(故) 스티브 잡스는 "Think different!" 남과 다른 생각을 하라고 외쳤다. 하지만 이 시대는 여전히 "Think same!" 남과 같은 생각을 하고 싶어서 안달이다.

평범하게 사는 것도 나쁘지 않다. 남이 사는 것만큼 살고, 누리고 있는 만큼 누리겠다는데 누가 말리겠는가. 하지만 사람은 평범하게만 살면 행복하지 않다. 남과 다른 자신만의 무언가를 표출하고 살 때 자신의 존재를 확인하게 되고 행복해진다.

자기 생각을 갖고 살아가는 것이 어려운가. 나 역시 남과 다르지 않게 살아왔다. 친구들이 입는 옷을 똑같이 따라서 사 입었다. 심지어 빌려서도 입었다. 그 친구와 똑같이 되고 싶었다. 지식과 생각도 마찬가지였다. 책도 베스트셀러만 골라서 봤다. 남이 사용하는 말투와 단어도 똑같이 구사했던 적도 있다. 내 인생은 어디서도 찾아볼 수가 없었다. 나만의 생각을 갖게 된 계기가 있다. 바로 메모 독서를 하고부터이다.

독서를 하다가 좋은 문장이 있으면 밑줄을 치고, 밑줄 친 내용을 노트 위에 옮겨 적는다. 그리고 관련하여 떠오르는 생각을 적는다. 이것을 처음에는 다 어려워한다.

"아무 생각도 나지 않는데 무엇을 적어야 하나요?"

책에 밑줄을 치며 천천히 읽으면 자신만의 생각이 안 날래야 안 날 수가 없다. 나도 처음엔 믿지 않았다. 하지만 믿고 따라 해보라. 생각지 않은 생각의 나래가 펼쳐지게 될 것이다.

마치 이런 것과 같다. 길을 가다가 예전에 들었던 익숙한 음악을 들게 된다. 그 음악을 들음과 동시에 우리의 생각은 타임머신을 탄다. 그 음악을 들었던 시기로 돌아가게 된다. 향기도 마찬가지다. 음식의 맛도 마찬가지다. 청각이든 후각이든 미각이든 사람의 모든 감각은 추억을 불러온다. 꼬리에 꼬리를 물고 그 감각 하나만으로 많은 생각을 하게 되는 것이다.

하물며 눈으로 보는 글자는 어떻겠는가. 익숙한 내용 또는 새로운 내용이라 할지라도 눈과 뇌의 자극을 줘서 남이 할 수 없는 자신만의 생각을 불러온다. 그것을 적으면 되는 것이다. 그 생각이 짧을 수도 있고, 길 수도 있다. 상관없다. 생각나는 대로 적으면 된다.

사람들이 착각하는 것이 있다. 책을 많이 읽으면 창의적인 사람이 되는 줄 안다. 아니다. 단 한 권의 책을 읽더라도, 자신의 것으로 만들면서 읽어야 창의적인 사람이 되는 것이다. 책을 자신의 것으로 만드는 데는 오직 메모뿐이다. 메모를 하며 독서를 하면 자신만의 가치와 방향과 생각이 만들어진다.

나는 글을 쓸 때 조용한 도서관보다 시끄러운 카페에서 글이 더 잘 써진다. 물론 주입식으로 외워야 하고, 집중해야 하는 업무가 있을 때는 도서관이 더 나을지도 모르겠다. 하지만 자신의 생각을 가진 책을 쓰고, 글을 쓸 때는 사람들이 많이 지나다녀야 좋다. 음악 소리와 옆에서 들리는 대화, 사람들의 표정과 행동들이 뇌에 자극을 준다. 이처럼 자신의 생각을 만들어 내기 위해서는 장소도 한몫한다.

이렇게 책을 쓰는 행위도 메모이고, 글을 쓰는 행위도 메모의 연속이고 집합이다. "사람은 책을 만들고, 책은 사람을 만든다."라는 말도 있지 않은가. 결국 자신이 한 메모가 나를 만들고 사람을 만드는 것이다.

워드프레스 창립자 매트 뮬렌웨그(Matt Mullenweg)는 이런 말을 했다.
"디지털 시대가 발전할수록 글을 쓰는 사람이 기회를 얻게 될 것이다. 글을 잘 쓰는 사람이 미래를 얻게 될 것이다."

이 말은 무슨 말일까. 단순히 글을 잘 쓰는 작가만이 큰 부와 명예를 얻는다는 말일까. 글은 생각의 양이 넘쳐야 쓸 수 있다. 결국 생각을 많이 하고, 자신만의 생각을 인코딩하여 그것을 외부로 어떤 모양으로든 출력하는 사람만이 앞으로의 세상을 지배한다는 말일 것이다.

인생의 차이를 만드는 방법은 다른 것이 아니다. 인생의 차이를 만드는 방법은 생각보다 간단하다. 메모만한 것이 없다. 메모는 창의적인 생각의 원천이기 때문이다.

나만의 브랜드를 갖고 싶었다. 이 브랜드를 남에게 내비쳤을 때 나를 기억해줄 수 있는 심벌마크를 만들고 싶었다. 어떠한 이름으로 브랜드를 만들면 좋을까. 많은 생각들이 머릿속을 간질였다. 생각나는 대로 틈틈이 메모했다. 쉽게 떠오르지 않았다.

어느 날 내가 해놓은 메모들을 훑어볼 기회가 있었다. 그 메모 조각들이 삽시간에 조합이 되면서 머리가 번뜩였다. 나는 곧바로 집으로 달려가 컴퓨터 앞에 앉아서 떠오른 이미지를 만들었다. 너무 흡족한 심벌마크가 탄생했다. 무수히 쌓아온 메모가 만들어 낸 결과였다.

"브랜드는 자신을 브랜딩하지 않은 사람들을 위한 것이다."

비디오 아티스트 용호수가 한 이 말을 좋아한다. 남이 만들어 놓은 것을 쫓아가지 않고, 자신이 만들어 낸 것으로 세상을 비추는 사람. 아무리 생각해봐도 멋있다.

창조는 인간의 영역은 아니다. 창조는 신의 영역이다. 어디까지나 인간은 신이 창조한 것으로 모방을 하고 가공할 뿐이다. 잘 가공하기 위해서는 많은 재료가 필요하다. 그 재료가 바로 메모이다.

남과 다른 인생의 차이를 만들고 싶은가. 그럼 내 인생에서 일어나는 나의 생각, 나의 모습, 나의 감정, 좋은 반응들을 꾸준히 기록하고 메모해보라. 그리고 수시로 확인해보라. 더 이상 남이 결정해놓은 것을 쫓아 살지 않게 될 것이다. 자신만의 무기를 가져라.

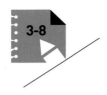

시간 관리에 성공하는 메모습관

"오늘 할 수 있는 일을 내일로 미루지 마라"
벤저민 프랭클린이 한 말이다.

　　당신은 오늘의 일을 내일로 미루면서 살고 있지는 않은 가. 매일을 바쁘게만 살다 보니 누구를 만나서, 무엇을 먹고, 어떻게 살고 있는지 모를 때가 많은 거 같다. 시간은 흘러가고 있다. 지나놓고 보면 무의미하게만 산 거 같은 이 기분. 영 불쾌하고 불안함마저 든다.

　시간은 누구에게나 공평한 24시간이면서 공평하지 않은 24시간 이기도 하다. 누군가는 24시간을 1시간처럼 사는 사람이 있고, 누군가는 24시간을 100시간처럼 사는 사람이 있다. 이 차이는 과연 어디서 오는 걸까. 왜 똑같은 시간 속에 살고 있는데, 한참을 지나보면 어떤 이는 전혀 다른 세상 속에서 살고 있는 걸까.

세상을 이끌어 가고 있는 위인들을 보면 하나같이 시간 관리를 잘하며 산다. 마이크로소프트의 빌 게이츠는 분 단위로 계획을 세워 시간 낭비를 줄인다. 그는 효율적으로 시간 관리를 하는 것으로 유명하다.

시간 관리가 성공과 밀접한 관련이 있는 이유는 바로 목표 의식에서 비롯된다. 목표가 뚜렷한 사람일수록 시간 관리를 잘 하기 때문이다. 하버드대학 도서관이나 강의실에는 "신은 시간을 아끼는 사람을 맨 앞에 둔다."라고 적혀있다. 하버드대학 학생들은 머릿속에 항상 이 글귀를 기억하고 그 어떤 것보다 시간 관리를 철저히 하며 공부를 하고 있다.

나는 원래 시간을 물 쓰듯이 쓰던 사람이었다. 중학교 때는 학교 갔다 오면 가방을 집어 던지고 오락실에서 살았다. 돈이 없으면 구경이라도 하러 갔다. 오락실이 문 닫으면 나도 그제야 집에 들어오곤 했다.

대학에 들어가서도 똑같았다. 비싼 등록금은 아랑곳하지 않았다.

전날 노느라 피곤해서 수업시간에 잠만 잤다. 과제도 안 냈다. 학교 친구도 없었다. 혼자 떠돌이같이 학교를 왔다 갔다 하며 무의미하게 살았다.

스물한 살이 되고 군대에 가게 되었다. 불규칙하게 살았던 내가, 규칙적인 시간에 맞춰 살려니 힘들었다. 하지만 도리가 없었다. 맞춰 살아야 했다. 아침 6시에 기상 종이 울리면 밤 10시 잠자리에 들 때까지 정해진 시간에 의해 움직여야 했다. 이것이 군대였다.

조금씩 적응이 되어갔다. 휴가를 나와서도 아침 일찍 일어나 빡빡한 스케줄로 시간을 보냈다. 물론 거의 친구들을 만나는 시간이었다. 웬만한 기업 CEO 못지않게 시간을 쪼개어가며 만났다. 그때 느꼈다.

'나도 가능하겠구나!'

시간을 유익하고 계획적으로 잘 활용한다면, 더 의미 있는 삶을 살 수 있을 거 같다는 생각이 들었다.

복학하고서는 철저하게 내 시간을 관리했다. 그렇지 않았다가는 졸업을 못 할 것만 같았다. 한 학기 수업 일정이 나오면 주 단위로 끊고, 하루 단위로 끊어서 어떻게 공부해야 할지를 세세하게 기록했다. 그리고 기록한 대로 움직였다. 학교 도서관이 어디 붙어있는지도 그때 알았다. 계획대로 사는 것은 힘들었다. 하지만 결국 높은 학점을 받을 수 있었고 장학금도 받으면서 공부할 수 있었다.

뚜렷한 목표가 없으면 효과적인 시간 관리를 하기가 어렵다. 시간 관리를 못 하는 사람은 구체적인 목표가 없는 경우가 대부분이다. 내가 도달해야 할 목적지가 없는데 경비는 얼마나 들고, 무엇을 타고 가야 하는지를 어떻게 알 수 있겠는가. 제일 먼저 목표를 정하는 것이 중요하다.

목표가 정해졌으면 그 목표를 위해서 내가 앞으로 무엇을 해야 하는지를 구체적으로 적어보라. 머릿속으로만 계획하면 한계가 있다. 나의 계획이 눈에 보이지 않기 때문에 실행으로 옮겨질 확률이 줄어들 수밖에 없다.

계획을 적다 보면 생각지 않았던 또 다른 좋은 계획이 나올 때가 있다. 조금씩 수정해가면서 현실적이면서도 실현 가능한 계획을 상세히 적어보는 것이다. 반대로 막연한 계획과 꿈은 실망감을 불러온다.

"다이어트해서 살을 5kg 빼야지!"

"이번 달부터는 열심히 영어 공부해서 취업을 준비해야지!"

"일을 열심히 해서 상사에게 인정받아야지!"

이런 계획은 실패할 확률이 높다. 자신이 앞으로 해야 할 행동 양식이 모호하기 때문이다. 몸을 만들기 위해서 하루에 음식은 어떻게 먹을 것이고, 운동은 무엇을 얼마나 할 것이고, 언제까지 이루어야 겠다라는 이런 계획이 좋은 계획이다. 그럼 훨씬 자신이 정한 계획에 쉽게 도달할 수 있다.

우선권을 정하여 움직이는 것도 중요하다. 살다 보면 매일 계획처럼 되지는 않는다. 어쩔 수 없이 계획대로 하지 못하는 순간이 찾아오기도 한다. 그럴 때를 대비해서 우선순위를 정해 놓으면 좋다.

우선순위 A, B, C로 나눈다. 우선권 A는 무슨 일이 있어도 꼭 해야 하는 것, B는 비교적 덜 해도 되는 것, C는 하면 좋지만, 안 해도 내일 보충이 되는 것. 이렇게 정해 놓으면 마음이 한결 편하다. 상황이 안 된다고 하루를 건너뛰면 안 된다. 최소한 이렇게라도 정해 놓고 실행해야 한다.

결혼을 하고 약 2년 반을 처가에서 살았다. 결혼 전까지는 부모님과 살다가 장인어른, 장모님과 사는 것은 또 다른 세계였다.

장인어른은 만인이 혀를 내두를 정도로 계획적이고 모든 것에 철두철미한 분이셨다. 새벽 4시에 일어나 부동산 공부를 하시고, 6시가 되면 뒷산에 올라가셨다. 아침 식사를 하시고 정확히 8시면 출근을 하신다. 퇴근 후에 헬스장에 가서 또 2시간 동안 운동을 하고 오신다. 비가 오거나 눈이 오면 집에서 실내 자전거라도 꼭 타신다. 장인어른은 당당히 그 어렵다는 부동산 자격증을 따셔서 지금은 부동산 사업을 잘 운영하고 계신다.

초반에 장인어른은 내게 부담이 되었다. 계획하면 꼭 이루시는 분이기 때문이었다. 장인어른을 통해 많은 것을 배울 수가 있었다. 저 연세에 직접 몸으로 살아내시니 도전이 안 될 수가 없었다.

나는 다이어리에 하루 목표를 적기 시작했다. 최대한 구체적으로 적었다. 매일 새벽 5시에 일어나 운동복으로 갈아입고 30분 동안 조깅을 한다. 운동 후 메모를 하며 독서를 하고, 글감을 생각해내서 블로그에 글을 쓴다. 지금까지 하루도 빠짐없이 하고 있는 습관이다.

지금 책을 쓰면서도 구체적인 계획을 세우며 쓰고 있다. 반드시 언제까지 끝내야겠다는 계획으로 말이다. 그럼 없던 힘이 생긴다. 없을 것 같았던 시간도 생긴다. 무슨 일이 있어도 쓰게 된다. 목표와 계획은 이처럼 중요한 것이다.

누구나 성공하고 싶어 한다. 누구나 시간을 잘 활용하여 하루를 계획적으로 살고 싶어 한다. 그렇다면 미래의 청사진을 그려보라. 확실하고 분명한 목표를 세세히 적어보라.

독일의 문학가 괴테는 "시간을 충분히 잘 활용하면 시간이 부족하다고 걱정할 일이 없다."라고 했다. 시간을 잘 활용할 수 있는 방법은 자신의 계획을 구체적으로 적는 것이다. 그렇게 하면 시간에 내가 지배당하는 것이 아니라, 내가 시간을 지배하며 살아갈 수가 있다. 종이에 시간과 계획을 적으며 시간을 컨트롤하기 때문이다.

더 이상 하루를 쫓기지 않으며 살기 바란다. 잠자리에 들 때 '오늘 내가 뭘 했지' 가 아니라, '오늘도 잘 살았어!' 라는 뿌듯함과 함께 내일을 꿈꿨으면 좋겠다.

제 4 장

쉽게 잊히지 않는
7가지
메모 스킬

● ●

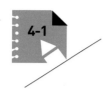

직장인 자투리 메모 스킬

업무를 처음 배울 때는 누구나 무슨 말인지 잘 모른다. 고개는 열심히 끄덕거리지만, 시간이 지나면 배웠던 업무가 기억에서 다 사라진다. 또 물어보기도 멋쩍고 민망해서 질문도 못 한다. 그런 시간이 계속 지속 되면 결국 이 업무와 이 회사는 내게 맞지 않는다고 생각하게 된다.

나는 업무를 하며 메모의 역할을 톡톡히 맛보았다. 나 역시 가르쳐주면 금방 잊어버린다. 기억은 반드시 한계가 있기 때문에 잊어버리게 되어있다. 인수인계를 받을 때는 펜과 종이를 들고 열심히 적었다. 적어놓으면 그 내용들 자체만으로도 충분한 효용이 있다. 그리고 적는 행위가 상대방으로 하여금 신뢰와 열정도 보여주게 된

둔한 머리가 총명한 머리를 이긴다

다. 그럼 더 잘 알려주려는 효과도 있는 거 같다. 일거양득(一擧兩得)
이다.

 교도소에서 나는 약 1년 6개월 정도 물품 업무를 맡아 일했었다.
물품 업무는 모두가 피하는 업무 중의 하나이다. 400여 명의 수용자
와 120여 명의 직원들의 물품을 모두 챙겨야 하는 업무이기에 정신
이 없다. 매일매일이 치열한 전쟁이다.

 나는 아침에 출근을 하면 믹스 커피를 한 잔 타 마시며 조용히 눈
을 감고 하루의 일정들을 생각한다. 내 컴퓨터 키보드 옆에는 이면
지를 가로로 반을 잘라서 만든 메모장이 있다. 이 메모장은 하루 일
정을 정리하는 메모장으로 사용한다.
 오늘 해야 할 일들을 적기 시작한다. 가장 먼저 해야 하고, 중요한
일 순으로 적는다. 15개면 15개, 10개면 10개를 쭉 적는다. 이제 일
을 한 개씩 처리할 때마다 펜으로 동그라미를 친다. 일을 완료했다
는 것이다. 이렇게 하면 내가 계획한 일들을 빠지지 않고 다 처리할
수 있다.

 또 나는 일과 시작 전, 컴퓨터 오피스 프로그램을 모니터에 띄운
다. 메모장도 상관없고, 한글 오피스도 상관없고, 마이크로소프트

워드 프로그램도 상관없다. 컴퓨터 타자를 두들겨 막 적을 수 있는 프로그램이면 된다.

그곳에 나의 하루 이슈들을 다 적는다. 시간대별로 정리한다. 하나도 빠짐없이 낱낱이 적는다. 다 적는 것이 포인트다. 물건을 받으면 적고, 물건을 누군가에게 줘도 적고, 누가 부탁한 것도 적고, 부탁을 들어준 것도 적는다. 전화 온 것도 적고, 내가 전화한 것도 적는다. 퇴근하기 전 적어놓은 것만 봐도 오늘 하루에 무슨 일이 일어났는지 빠짐없이 다 알 수 있다. 이 기록은 엄청난 효과를 발휘한다.

다음 날 업무 계획을 잡을 때도 좋고, 어떤 일이 일어났을 때 근거로 활용할 수 있어 좋다. 날짜와 시간대별로 적혀있기 때문에 그 누구도 이 메모장 앞에 토 달 수 없다. 메모는 이렇게 강력한 힘을 발휘한다.

포스트잇도 적절하게 활용한다. 직원 부재 시, 찾는 전화를 받으면 포스트잇에 메모를 해서 직원 책상 위에 올려놓는다. 시간도 적어놓는다. 그렇게 하면 직원이 와서 보기에도 편하고 업무에도 큰 도움이 된다.

잠시 사무실을 벗어나 이동할 때는 바지 주머니에 손바닥만 한 수첩과 펜을 가지고 간다. 물품을 점검하며 관련 내용을 적을 때 사용한다. 직원들이 물품 관련하여 내게 부탁하거나 요청하는 것들이 있다. 그럴 때 수첩에 적어놓는다. 이렇게 메모습관을 들이면 정말 바보가 아닌 이상, 웬만한 일들은 놓칠 수가 없다.

메모는 오직 나를 위해서만 존재하는 것은 아니다. 사무실에 함께 근무하는 직원들에게도 큰 도움이 된다. 팀 일의 효율성도 올릴 수 있다. 더 나아가 거래처와 이 사회와 나라발전에도 좋은 연계가 될 수 있다.

어찌 보면 메모라는 행위가 귀찮을 수 있다. 머리와 손의 거리는 멀지 않다. 하지만 머릿속에 들어온 정보를 손으로 옮기는 것만큼 먼 것도 없다.

나는 글 쓰는 것을 좋아하지 않았다. 펜을 든다는 그 행위 자체를 싫어했다. 친구들과 공이나 차고 던지며 노는 것을 좋아하는 평범한 사람이었다. 하지만 머리가 나쁘니 적어서라도 기억해야 했다. 기억하지 않으면 소통을 할 수가 없었다. 업무도 마찬가지였다.

적기 시작하니 머리에 정보가 들어오기 시작했다. 기록으로 남기다 보니 남에게도 해줄 수 있는 말이 생겼다. 내가 해나간 일들을 볼 수 있으니 자신감이 생겼다. 메모라는 작은 도구를 통해 성장하고 조금씩 발전할 수 있었다.

발명왕 에디슨은 3천 권이 넘는 메모 수첩이 있었다. 아이작 뉴턴 역시 엄청난 분량의 메모를 통해 꾸준히 생각하며 만유인력의 법칙을 발견해 낼 수 있었다. 영화 '명량'의 주인공인 충무공 이순신도 왜적과 싸워 전승을 거둬낼 수 있었던 것은 그의 철저한 기록 때문이었다.

이처럼 메모와 기록은 텍스트를 뛰어넘어 조직과 사회와 나라를 움직일 수 있는 힘이 있다.

사무실에서 근무하는 내 방식의 업무 스타일이 정답이라 할 수는 없다. 어디까지나 나만의 스타일이다. 내가 가진 도구로 바닷속에 있는 물고기를 잡는 것일 뿐이다. 어느 때는 미역이나 다시마 같은 해조류가 건져 오르는 때가 있다. 하다 보면 갈치나 참치 같은 큰 물고기들이 건져 오를 때도 있다. 그때 희열을 느낀다.

내 경험으로 봤을 때 메모는 절대 손해 보는 장사가 아니다. 메모라는 미끼를 걸어 세상이라는 바다로 던져보라. 뭐든 걸려들어 올 것이다.

남의 메모장을 본다는 것은 그 사람의 머릿속을 들어갔다 나오는 것과 같다. 메모로 남겨진 글자는 곧 자신이기 때문이다. 나는 내가 해놓은 업무 관련 메모들을 그 어떤 것보다 중요하게 여긴다. 그 메모들이 내가 걸어온 길이고, 내가 쌓아놓은 보물이자 무형의 가치이다.

둔한 머리가 총명한 머리를 이긴다

당신은 아침에 정신없이 출근했다가 정신을 차릴 때쯤 퇴근하는 삶을 살고 있는가. 출근해서 정리되지 않은 자신의 업무 때문에 스트레스받다가, 그 스트레스를 점심시간에 먹는 것으로 풀고 있지는 않은가. 업무에 메모와 기록을 잘 활용한다면 당신은 지금보다 더 나은 삶을 살게 될 것이다. 나은 삶을 뛰어넘어 누군가에게 도움을 줄 수 있는 사람이 될 것이다.

문방구에 가보면 종이와 펜은 여전히 팔고 있다. 당신의 손을 움직일 수만 있다면 절대 포기하지 마라.

당신이 기록을 한다면 업무의 성과는 좋아질 수밖에 없다.

탁상달력 메모로 스케줄을 앞서가라

직장인이라면 누구나 자신의 책상 위에 탁상달력 하나 정도는 있을 것이다. 연말이면 주위 거래처에서 탁상달력들이 왜 이리 배달되어 날아오는지. 너무 많이 와서 처리하기 귀찮을 때도 있다. 하지만 막상 새해가 시작되면 업무에 요긴하게 쓰인다.

당신은 혹시 시간이 빠르게 흘러간다고 한탄만 하며 탁상달력을 멍하게 보고 있지는 않은가. 나 역시 나이가 들수록 걷잡을 수 없이 흘러가는 시간이 달갑게만 느껴지지는 않는다.

나는 탁상달력을 잘 활용한다. 흘러가는 시간을 잡을 수는 없지만, 탁상달력만 잘 활용해도 시간에 쫓겨 살지는 않게 된다. 다이어리나 메모장을 주로 사용한다. 앞으로 내가 해야 할 업무나 일들은 탁상

둔한 머리가 총명한 머리를 이긴다

달력에 기록하는 편이다.

　나는 교도소에서 물품 업무를 할 때 첫 번째로 중시하던 것이 있었다. 바로 약속이다. 물품 업무는 그 어떤 것보다 약속이 제일 중요하다. 약속을 잘 지켜야 한다. 아주 잘 하면 본전이고, 조금만 늦거나 실수하면 망신이다. 항상 초긴장하고 있어야 한다.

　물품 업무는 다른 거 없다. 직원들이나 수용자가 필요한 물품이 있다고 하면 지급해주면 끝이다. 그런데 어렵다. 필요는 넘쳐나는데 몸이 하나니 완벽하게 다 맞춰줄 수가 없다. 작은 망치라고 덜 중요하고, 큰 냉장고라고 더 중요하지 않다. 당사자에게는 남이 태산을 짊어지고 있어도 자기 손톱의 가시가 제일 아프다. 무조건 빠르면 빠를수록 좋다. 그게 사람이다.

　나는 조금이라도 실수를 막기 위해 요청을 받으면 즉시 탁상달력에 기록을 했다. 달력 날짜에 시간을 쓰고, 관련 내용을 적어놓았다. 색색의 볼펜과 형광펜을 사용하여 신속히 진행해야 하는 일과 그렇지 않은 일을 구분했다. 내용이 많으면 포스트잇에 써서 모니터에 붙여 놓았다. 컴퓨터 캘린더도 함께 사용했다. 컴퓨터 캘린더는 타자로 빨리 쓸 수 있고, 많은 양을 쓸 수 있어 좋다. 글씨가 작고 용이하게 확인하지 못한다는 단점은 있다. 특별한 경우가 아니면, 탁상달력을 주로 사용했다.

물품 업무는 외부 거래처와도 수시로 연락해야 한다. 교도소 하나를 운영하기 위해서 100군데가 넘는 곳과 네트워크를 형성하고 있다. 각 거래처도 바쁘다. 나의 일만 가만히 앉아서 기다리거나, 하고 있지는 않다. 속된 말로 쪼아야 물건을 제때 잘 받을 수 있다.

나는 거래처와 통화를 하면 연락한 날짜와 시간, 내용들을 빠짐없이 기록해 둔다. 어설프게 써놓으면 안 된다. 거래처도 사람이다 보니 놓칠 때도 있고, 실수할 때도 있다. 나는 상대방이 한 말을 구어체로 써놓을 때도 있었다. 이렇게 해놓으면 절대 빠져나갈 수가 없다.

"지난번에 요청드린 물건은 다 되었나요?"

"물건이요? 아직 안 되었는데요?"

"지난번에 분명 오늘 오후 3시까지 늦지 않게 해주신다고 하셨는데…"

"3시라고요?"

"네~ 무슨 일이 있어도 시간 꼭 맞춰주신다고 말씀하셨어요."

이런 일들을 몇 번 겪다 보면 거래처도 내가 어떤 사람인지 저절로 알게 된다. 그럼 나에 대한 이미지가 형성된다. 업무적으로 신경을 잘 써줄 수밖에 없다. 이건 내가 일을 잘 해서가 아니다. 똑똑해서 그런 것도 아니고, 말주변이 좋아서도 아니다. 그때그때 빠지지 않고 해놓았던 메모들이 이러한 성과를 내게 된 것이다.

탁상달력은 무의식적으로라도 하루에 한 번 이상은 보게 된다. 핸드폰과 벽에 걸린 시계를 보듯 말이다. 메모는 자주 확인할 수 있는 곳에 해두면 좋다. 예쁜 메모장에 써놓았다 하더라도 책상 서랍 속에 고이 모셔놓았다면 메모의 역할에 실패한 것이다. 탁상달력에 써놓으면 확인이 잘 된다. 공간은 조금 비좁을 수 있으나, 중요한 일과 약속들을 적어놓으면 빠지지 않고 수행할 수 있다.

소크라테스는 "자기를 통제하지 못하면 영원히 노예로 산다. 세상을 지배하고 싶다면 자신을 먼저 지배해야 한다."라고 했다. 시간을 통제하는 것은 자신을 통제하며 사는 것이다. 내가 원하는 시간에 업무를 착착 진행하고 끝내는 사람은 세상을 지배하며 사는 사람이다.

집에도 탁상달력이 하나 있다. 집인 만큼 예쁜 것으로 하나 사서 거실 책장 위에 올려놓았다. 이 탁상달력은 오직 가정행사로만 사용한다. 결혼을 하고 나니, 챙겨야 할 사람들이 늘어났다. 양가 부모님 생신과 형제들 생일은 기본으로 알고 있어야 한다. 기일이나, 특별한 행사도 놓치면 안 된다. 또 아내와 나는 장남, 장녀이다 보니 누구보다 잘 기억해야 하는 사명을 가지고 있다. 써놓지 않으면 잊어버리기에 이 모든 것들을 탁상달력에 잘 적어놓았다.

양가 부모님들은 서로 소통을 직접적으로 잘 하지 않으신다. 우리를 통해서 전달하는 방식으로 소통하신다. 식사 약속을 정하시려고 하면 말씀하시는 것을 잘 적어놨다가 각 부모님께 전달해 드려야 한다. 우선 핸드폰에 써놓는다. 약속이 정해지면 탁상달력으로 옮겨 적고 기억한다. 그럼 아무런 문제 없이 일사천리로 진행된다.

장인어른은 시간에서는 칼 같으신 분이다. 본인의 스케줄이 뒤죽박죽되는 것을 싫어하신다. 장인어른에게만큼은 그 어떤 것도 명확해야 한다. 어설프게 했다가는 핀잔을 듣는다. 메모가 일상화되어 있는 나는 장인어른에게 미움받을 일이 없다. 정확한 시간에 나타나면 되고, 정해진 약속만 잘 지키면 된다. 장인어른에게 사랑받는 나만의 방법이다.

"사람을 고용할 때는 어떻게 단점을 줄이느냐가 아니라, 어떻게 장점을 살리느냐에 초점을 두어야 한다." 미국의 경영학자 피터 드러커가 한 말이다.

어찌 단점이 없는 사람이 있겠는가. 나 역시 단점투성이이다. 하지만 내가 가진 메모를 살려 장인어른에게 사랑받고 있다. 부끄럽지만 어디 가면 사위 자랑을 그렇게 하신다.

손자병법에 선승구전(先勝求戰)이란 말이 있다. "먼저 이겨놓고 싸운다."라는 말이다. 손자는 이런 주장을 내놓았다.

"전쟁을 잘하는 이는 패하지 않을 상황을 조성한 후에 적이 패할 틈을 놓치지 않는다. 이런 까닭에 이기는 군대는 먼저 이겨놓고 싸움을 걸고, 지는 군대는 먼저 싸움을 건 뒤 이기려고 한다."

메모를 해놓으면 이겨놓고 싸우는 것과 같다. 메모를 해놨으니 잊어버릴 일이 없다. 메모한 것을 확인하여 실행으로 옮기기만 하면 승리하게 되는 것이다. 이처럼 간단하면서 쉬운 싸움이 어디 있겠는가. 써놓고 기억하면 된다. 써놓으면 그 어떤 일이든 잘 완수할 수 있다.

"너 오늘 스케줄이 뭐야?"라는 말을 하루에도 수없이 들을 것이다. 그 스케줄들을 꾸역꾸역 처리하다 보면 하루가 금세 간다. 무기력하게 잠이 들고 또 지친 몸을 일으켜 출근을 한다. 이렇게 하루가 가고, 한 달이 가고, 일 년이 간다. 남는 건 퇴사하고 싶은 마음뿐이다.

당신의 사무실에서 놀고 있는 탁상달력을 바라보라. 당신의 스케줄과 약속과 업무들을 그곳에 기록해보라. 업무는 끝이 없다. 적어놓으면 그 업무를 조절하여 쉼을 얻을 수 있다. 탁상달력 메모는 바쁜 일상을 늦춰주는 힘이 있다.

빌 게이츠는 말했다.

"하고 싶다는 생각이 들면 지금 당장 시작하라."

탁상달력에 적어보고 싶은 마음이 조금씩 밀려오는가. 오늘부터 당장 시작해보라.

메모 어플 사용법

"바쁘다! 바빠!!"

"저 밥 먹을 시간 없어요!!"

"다녀오겠습니다!!"

현대인이라면 누구나 적어도 하루 한 번 이상은 이 말을 하며 살지 않을까. 고속도로 위에서 시속 100km 이상을 달리며 핸드폰으로 통화를 하며 가고 있는데도, 우리는 더 빨라야 하고 열심히 뛰어야 한다. 바쁜 일상이 이제 당연시되어버렸다.

바쁜 만큼 핸드폰은 필수다. 핸드폰이 없으면 아무것도 할 수 없는 세상이다. 오늘날 바쁜 시대의 필수 아이템이 되었다.

나 역시 핸드폰이 가까운 물건이다. 나는 핸드폰을 통해서도 메모를 많이 한다. 고정된 장소에서는 펜과 종이가 편하다. 걷거나 버스, 지하철을 타고 다닐 때는 핸드폰 만한 게 없다. 메모 관련하여 좋은 어플이 많이 있다. 나는 심플한 몇 가지만 사용한다. 많다고 좋은 건 아니다. 얼마나 잘 활용하는 지가 중요하다. 내가 사용하고 있는 메모 어플을 몇 가지 소개하려 한다.

첫 번째, 네이버 메모

내가 제일 많이 사용하는 메모장이다. 네이버에 가입만 되어있으면 어플을 무료로 다운받아서 쉽게 사용할 수 있다. 아이디어가 떠오르거나 좋은 문장들을 만날 때 '네이버 메모' 어플을 활용한다. 한 줄 이상의 긴 글은 대부분 이곳에 기록한다. 해야 할 일도 적고, 계획도 적는다. 사진을 저장해서 글도 쓸 수 있고, 인터넷 기사 및 블로그 캡처저장도 가능하다. 또 PC와 동기화가 된다.

교도관인 나는 교도소에서 핸드폰을 자유롭게 사용할 수가 없다. 우선 PC로 '네이버 메모장'에 기록을 해놓으면 나중에 핸드폰으로 기록한 내용을 볼 수 있어 편리하다.

네이버 메모를 통해 가장 활용도 있게 사용하고 있는 부분은 바로 검색기능이다. 생활하다 보면 습관으로 만들고 싶거나, 동영상 제작

및 블로그에 글로 쓰고 싶은 내용들이 떠오른다. 또 낯선 단어나, 책을 쓸 때 인용하고 싶은 부분이 나올 때가 있다. 그럼 맨 윗줄에 카테고리 큰 제목을 쓴다. 카테고리별로 나누어 분류하여 네이버 메모장에 적어놓는다. 그다음 검색을 하면 분류한 것을 한 번에 볼 수 있기 때문에 자신의 삶에 보다 손쉽게 잘 적용할 수 있다.

예를 들어 '습관'이라고 검색을 하면 내가 적어놓은 습관 목록들이 일렬로 나열이 된다. 시간 날 때마다 기록한 것을 보면서 자신이 만들고 싶은 습관들을 계속 만들어가면 된다.

'네이버 메모'와 비슷한 어플들도 많다. 특히 '에버노트'라는 유명한 어플이 있다. 이 어플은 유료라는 단점이 있다. 물론 기능적인 면에서 더 좋을 수는 있다. 하지만 나에게는 '네이버 메모' 어플도 생활하는 데 전혀 불편함 없이 충분하다.

두 번째, 구글 킵

'구글 킵'은 구글 회사에서 만든 어플이다. 물론 이 어플도 '네이버 메모'와 비슷한 성격을 가지고 있다. 하지만 다른 점이 있다. 메모장마다 색깔을 자유롭게 바꿀 수 있다. 약간 색색의 종이 포스트 잇 같은 느낌이다.

나는 '구글 킵'에는 단어 위주로 기록을 한다. 구구절절 긴 내용이 아니라, 심플한 내용만 저장해 놓는다. 길을 가다가 영감을 주는 단어들이 있다. 글을 쓰거나, 콘텐츠를 만들 때 사용하면 좋을 것 같은 단어들을 만날 때가 있다. 그럼 '구글 킵'에 기록해 놓는다.

'구글 킵' 어플을 열면 마치 단어 카드가 쫙 진열되어 있는 느낌이다. 생소한 각 단어들을 연결하여 전혀 생각하지 못한 나만의 언어를 만들 수도 있다. 컬러별로 설정할 수 있어 보기도 편하고, 무엇보다 예쁘다. 단점은 있다. 단어와 짧은 문장 위주로 쓰다 보니 나중에 보면 '내가 이 단어를 왜 써놨었지?' 라며 기억이 안 날 때가 있다. 하지만 이렇게 분류를 해놓으면 보기도 좋고, 찾기도 편하다. 또 각 사이트의 아이디와 비밀번호, 와이파이 비밀번호, 통장 비밀번호 같은 개인 정보도 이곳에 기록해 놓는다. 그럼 언제든지 잊지 않고 적재적소에 잘 활용할 수 있다.

세 번째, 음성 메모

음성으로 메모를 해야 할 때가 있다. 나 같은 경우는 노래를 만들 때 주로 사용한다. 머릿속에 떠오르는 멜로디를 '음성 메모' 어플에 녹음해 놓는다. '흥얼흥얼' 불러서 저장해 놓고 나중에 뼈대를 만들고 살을 붙인다. 그 후에 악보로 만들면 한 곡이 완성된다.

좋은 강의를 들을 때도 이 어플로 녹음해서 저장해 놓는다. 나중에

둔한 머리가 총명한 머리를 이긴다

다시 글로 적어서 요약해 놓으면 나의 좋은 데이터베이스가 된다.

발성 연습할 때도 좋다. 내 취미 중의 하나가 내 목소리를 녹음해서 듣는 것이다. 이상하게 볼 수도 있다. 하지만 자신의 목소리를 녹음해서 듣고 말하는 연습을 반복해보라. 어색하지 않게 되고 보다 좋은 목소리를 갖게 된다.

이 어플은 굳이 다운받을 필요는 없다. 핸드폰마다 하나씩은 기본적으로 설치되어 있다. 손으로 적기 힘든 메모는 '음성 메모'를 사용한다.

네 번째, 편한 가계부

아내가 가정 전체의 가계부를 쓰고 있다. 하지만 내가 개인적으로 얼마나 지출을 하며 사는 지가 궁금했다. 핸드폰에 기록하기 시작했다.

어플에 '가계부'라고 검색하면 많은 가계부 관련 어플이 나온다. 그중에 나는 '편한 가계부'라는 어플을 다운받아서 사용하고 있다. 이 어플은 오직 나의 '지출'만 기록한다. 연도별로 월별로 일별로 계산을 해준다. 계산기가 없어도 내가 얼마나 지출하며 사는지 한눈에 보인다. 세세하게 종목도 나뉘어 있어서 편하다.

얼마를 지출했는지 일주일 단위로 확인한다. 나의 씀씀이를 보면서 과소비 되고 있는 지출을 줄여가는 것이다. 매번 지출할 때마다 기록하는 것도 일이다. 하지만 가계부를 써 본 사람은 안다. 가계부의 위엄을.

다섯 번째, 네이버 블로그

블로그도 좋은 메모 어플이다. 나는 매일 '네이버 블로그' 에 글을 쓴다. 아침에 일어나 독서를 하고, 떠오르는 생각들을 블로그에 작성한다.

블로그도 좋은 메모방법이다. 블로그는 글을 길게 쓸 수 있다. 글의 크기와 색깔도 바꾸고, 사진도 넣어가며 정리해 놓을 수 있다는 큰 장점이 있다. 자신의 블로그에 꾸준히 글을 써놓는 것만큼 좋은 메모도 없다. 위에 설명했던 메모 방법들이 부속품들이라면, 블로그에 글쓰기는 그 부속품들이 모여 만든 완성품이다. 또 이 블로그 안에 글들이 모이면 나중에 책이나 좋은 콘텐츠로 만들어질 수도 있다. 형식은 조금씩 다를 뿐 결국 한 방향으로 가고 있는 나의 메모방법들이다.

이 외에도 핸드폰을 통해 내가 하는 메모방법들이 있다. '다이닝 노트' 라는 어플에 먹은 음식을 기록하기도 하고, 카메라로 사진을 찍고, 동영상도 촬영하고, 중요한 내용과 화면은 캡처해서 저장해 놓기도 한다. 유튜브도 하고 있다. 이 모든 것들이 내게는 다 내 삶을 기록하는 메모방법들이다. 심지어 하루에 제일 많이 하는 카톡도 메모이다. 상대방과 내가 한 말들이 다 저장되고 기록되기 때문이다.

다양한 어플들을 통해서 내가 메모하고 있는 방법들을 설명했다.

"와! 하면 좋긴 한데 매일 저렇게 하면서 어떻게 살아!" 라는 생각이 들 수도 있다.

이렇게까지 하면서 살라는 말은 아니다. 처음부터 다양하게 하기도 쉽지 않다. 당신이 지금보다 나아지고, 변화되는 삶을 살고 싶다면 메모를 꼭 생활화해보라고 강력하게 말해주고 싶다.

어떤 어플을 쓰고 어떠한 방법으로 메모를 하는 것은 사실 크게 중요하지 않다. 내 삶에 일어나는 모든 것들을 기록하는 자세가 먼저다. 그것이 더 중요하다.

몇 년만 지나면 메모하는 어플들도 분명 진화하게 될 것이다. 어플 자체에 집중하지 말고 메모습관을 갖기 위해 노력하라. 핸드폰 어플이 되었든, 종이가 되었든, 현재 내게 주어져 있는 환경들을 잘 이용해 메모를 하자. 지금 자신이 할 수 있는 최고의 일이다.

메모 고수를 벤치마킹하라

　　남자라면 누구나 그렇듯 키가 큰 사람을 동경한다. 남자는 왜 이렇게 키에 집착하는지 모르겠다. 여자는 몸무게에 예민하고 남자는 키에 예민하다.

　　나도 키가 크고 싶었다. 초등학교 때 교실 맨 앞자리에 앉아, 시커먼 얼굴을 하고 하얀 눈만 말똥말똥 뜨고 있었다. 나보다 키가 한 뼘 이상 큰 친구들을 보면 주눅이 들곤 했다. 우유도 많이 먹고, 틈나는 대로 줄넘기도 하고, 스트레칭도 열심히 했다. 생각처럼 키는 자라지 않았다.

　　아버지는 키가 큰 편이다. 아버지처럼 되고 싶었다. 어린 마음에 아버지가 하는 행동들을 그대로 따라 했다. 식사를 할 때 아버지의 젓가락이 가는 곳으로 나도 똑같이 향했다. 또 달리기를 하실 때 침을 '퉤~' 뱉고 하시는 것을 우연히 보았다. 그 이후로 나도 침을 뱉고 달렸던 기억이 난다. 아버지처럼 키가 크고 싶었다. 아버지처럼 되고 싶었다.

당신은 지금까지 살아오면서 닮고 싶었던 멘토가 있었는가. 아니면 지금 있는가. 그 사람이 하는 말이나, 행동, 성품이 닮고 싶어서 따라 해본 적이 있는가.

메소드 연기(Method Acting)라는 것이 있다. 배우가 극 중 배역에 몰입하여, 그 인물 자체에 빙의 되어 연기하는 방법이다. 자신의 연기를 위해서 몸과 마음, 정신 상태까지 바꾸려고 피나게 노력하는 것이다.

정신병자 역할을 하기 위해 정신병원에 가고, 노숙자 역할을 위해 노숙자 생활도 해본다. 배우 조승우는 영화 '말아톤'의 자폐아 역을 소화하기 위해 육영학교(자폐 아동 특수학교)에 직접 가서 자폐아 아이들을 관찰했다고 한다. 그 이후로 그는 누구보다 완벽한 연기를 해냈다. 내가 어렸을 때 아버지를 따라 했던 행동이 바로 메소드 연기였던 것이다.

나는 지금도 메소드 연기를 하며 살고 있다. 내가 근무하고 있는 교도소에 메모를 열심히 하는 계장님이 계시다. 성격은 까다로우시지만 메모하는 모습만큼은 내게 큰 매력으로 다가왔다. 항상 수첩을 가지고 다니신다. 일어나는 모든 일을 꼼꼼하게 적으셨다. 누가 시키지 않아도 자신이 정리한 내용들을 프린트해서 직원들에게 나눠주고 공유했다. 도저히 그분 앞에서는 그 누구도 다른 어떤 말을 할 수가 없었다. 그가 가진 메모력은 힘이 있었다.

직원들에게 늘 하시는 말씀이 있었다.

"내가 쓴 메모가 여러분들의 기억보다 힘이 있습니다!"

나는 계장님을 따라 하기 시작했다. 수첩을 들고 다녔다. 일어나는 모든 내용들을 적으려고 했다. 그뿐만 아니라 업무 하는 스타일도 따라 했다. 심지어 똑같은 펜을 사서 사용한 적도 있다.

아내는 여행 가기 전날이면 손바닥만 한 포스트잇 종이에 여행에 가지고 갈 품목들을 적는다. 적어놓은 품목들을 하나씩 지워가며 가방에 물건을 넣는다. 종이에 적지 못한 것은 챙기지 못할지라도, 종이에 적은 것은 하나도 빠짐없이 가방 안으로 다 들어간다.

나는 덤벙거리는 편이었다. 물건을 집에 놓고 다니는 적도 많았고, 잃어버리고 집에 오는 날도 많았다. 집에 우산은 내가 다 잃어버린 거 같다.

아내를 따라 하기 시작했다. 사소한 것이라도 다음 날 출근할 때 필요한 물건이나, 약속이 있을 때 가지고 가야 할 소지품들을 적어 놓고 챙겼다. 적어놓았던 리스트는 버리지 않았다. 가방에 같이 가지고 갔다가 집으로 올 때 다시 한번 체크 한다. 그 이후로 물건 간수를 잘 할 수 있게 되었다.

사람은 본능적으로 누군가를 닮고 싶어 한다. 갓 태어난 아이도 제일 먼저 엄마의 얼굴을 본다. 아이는 엄마의 표정이나 언어를 따라하게 된다. 남녀관계도 결혼을 하면 닮는다. 전혀 다른 생김새와 성품이었지만, 결혼과 동시에 조금씩 서로를 닮아간다. 많은 시간을 함께하고, 상대방이 하는 행동과 말투를 보면서 자기도 모르게 변해가는 것이다.

당신은 메모를 잘 하고 싶은가. 기록하는 습관을 자신의 것으로 만들고 싶은가. 그렇다면 아주 쉬운 방법이 있다. 주위에 메모하는 사람을 따라 하면 된다. 그 사람이 어떤 종이에 메모하는지, 어느 때 메모하는지, 어떤 방법으로 메모하는지를 보고 똑같이 따라 하면 된다. 혹시 주위에 메모하는 사람이 없다면 메모하기를 좋아했던 정약용, 에디슨, 링컨, 미켈란젤로 같은 위인들을 따라 하면 된다. 나도 따라 하다가 여기까지 왔다.

이제는 몰라서 못 하는 세상은 지났다. 서점에 가서 수많은 책을 사 볼 수도 있다. 돈이 없다면 인터넷을 통해서 찾아볼 수도 있다. 또 핸드폰을 통해 영상으로 얼마든지 볼 수도 있다. 자신이 닮고 싶고, 원하는 삶의 방향의 사람이 있다면 정해서 그대로 쫓아서 하면 된다.

영국 정치인 윈스터 처칠은 "책을 다 읽을 시간이 없다면 최소한 만지기라도 해라. 쓰다듬고 쳐다보기만 해라."라는 말을 남겼다. 독서의 중요성을 강조한 말이다. 자신이 닮고 싶은 사람을 따라 하는 것이 부담스럽다면, 쳐다보기만 해라. 틈나는 대로 관찰을 해라. 그것만으로도 좋은 효과의 시발점이 될 것이다.

나는 사람 만나는 것을 좋아한다. 여럿이 만나는 것 보다 일대일 만남을 더 좋아한다. 다수가 모이면 즐겁기는 하나, 정신이 없다. 웃고 떠든 것 같은데, 집에 갈 때쯤 남는 것이 별로 없다. 일대일의 만남은 진중한 이야기가 오고 가게 된다. 그 사람에게만 할 수 있는 이야기가 있다. 상대방의 소중한 체험과 생각들을 듣게 된다.

좋은 사람을 만나 대화를 하면 좋은 책 한 권을 읽은 것 같은 효과를 보게 된다. 결국, 커피를 마시며 나눈 대화 속에서 인생을 깨우치게 되고 배우게 된다. 나는 그 시간이 좋다.

최근에 P 씨를 유튜브를 통해 우연히 알게 되어 만나 식사를 했었다. 나이는 나보다 열 살이나 어렸다. 하지만 배울 것이 정말 많은 친구였다. 그가 살아온 이야기를 듣고, 그의 생각을 듣는 데 5시간이 훌쩍 넘어 있었다. 그 사람에게 몰입이 되었다.

P 씨는 좋은 습관을 가지고 있었다. 바로 실행력이었다. 자신이 무엇이든 하고자 마음먹으면 몸이 먼저 움직여서 꼭 해본다고 했다. 그가 가지고 있는 취미는 10가지가 넘었다. 수익을 발생하는 일도 6가지나 하고 있었다. 지금도 하고 싶은 것이 많아서 차근차근 준비하며 시도하고 있었다.

나는 어떠한 일을 앞두고 망설이는 편이다. 하지만 이것 또한 따라 해보기로 했다. 버킷리스트라는 것을 처음 써봤다. 내가 죽기 전까지 꼭 해보고 싶은 것을 적는 것이다. 스페인 산티아고 길 횡단하기, 부모님 제주도여행 보내드리기, 내가 만든 노래로 작은 콘서트 열기, 결혼식 주례해보기, 2년 내 책 쓰기 등.

따라 하다 보니 길이 보였다. 그냥 따라 했을 뿐인데 그다음의 꿈이 생겼다. 누군가를 따라 한다는 것은 결코 나쁜 것이 아니다. 자신이 본받고 싶은 사람을 따라 하는 것은 유익한 일이다. 오히려 상대방은 좋아하고 감사해 할 것이다. 조금씩 따라 하면서 나만이 가지고 있는 색을 첨가하면 된다. 그때그때 깨닫고 배우는 것들을 접목

하면 된다. 나만의 길이 보이고, 나만의 길을 걷게 될 것이다.

결국, 사람은 행동하면서 배우는 것 같다. 행동하지 않으면 머릿속에서만 머물다 끝이 난다. 행동하는 자만이 자신이 원하는 삶과 꿈에 가깝게 설 수 있다. 내 주위에 좋은 사람이 있다는 것은 복이다. 나의 눈으로 책을 읽을 수 있다는 것 또한 감사고 축복이다. 이 자체만으로도 누군가를 따라 할 수 있는 능력을 이미 갖췄다는 뜻이기 때문이다. 지금도 나는 인생을 배워가고 있다. 내가 따라 하고 싶은 사람은 없는지 찾아본다.

누군가의 삶을 따라 산다는 것이, 좋은 결과를 만들어 내지 못할 수도 있다. 하지만 반드시 배운다. 분명 나중에 큰 도움이 된다. 지금 당장의 결과에 좌지우지되지 말고, 자신이 원하는 삶의 사람을 벤치마킹하라.

둔한 머리가 총명한 머리를 이긴다

4-5

커넥팅 맵으로 인생을 조합하라

세계적인 만년필 회사 '몽블랑'의 새 CEO인 니콜라 바레츠키는 열 살에 할아버지로부터 낡지만 깨끗한 몽블랑 만년필 한 자루를 물려받았다. 할아버지 만년필을 받고 기뻐하던 그 소년이 38년이 흘러 2017년 4월부터 '몽블랑'의 새 수장이 되었다.

그 바레츠키가 한 인터뷰에서 이런 말을 했다.

"우리는 무언가를 기록하고 그것을 물려주는 일에 집중해 온 회사입니다. 우리는 이 회사를 통해서 연결하는 일을 해보고 싶습니다. 과거와 현재, 아버지와 아들, 할아버지와 손자, 1924년에 나온 오래된 펜과 지금의 새것, 아날로그 시대와 디지털 시대, 그리고 지나간 시간들과 지금을 사는 우리…"

무언가를 연결하기 위해서는 끈이 필요하다. 바레츠키는 이 시대를 살아가면서 그 끈 역할을 해줄 수 있는 것은 바로 '기록과 메모'라고 했다. 수 없이 흘러간 시간들, 지금도 흘러가고 있는 시간들, 기록만이 이 시간들을 잡을 수 있다. 그 기록들을 오늘과 연결할 때 더 큰 힘과, 모든 시간과 사람들을 아우를 수 있는 멋진 상품과 작품이 나오게 되는 것이다. 그 당시 아무것도 기록하지 않았다면 지금의 우리와 그 어떤 것도 연결될 수 없었을 것이다. 매 순간 기록하고 남기고 간직하는 작업이 우리에게 절대적으로 필요하다.

나는 영상편집을 조금 할 줄 안다. 예전 장애인 공동체에서 약 8년 정도 봉사를 한 적이 있다. 거기서 어깨 넘어 영상편집을 배웠다. 할 줄 아는 건 배경음악 하나 선택해서 넣고, 사진 몇 장 골라서 나열하는 것이 내 영상편집의 전부다. 아무런 스킬과 효과를 넣지 않았는데도 내가 만든 영상을 보며 사람들이 좋아해 준다. 잘 만들었다고 칭찬도 해준다. 처음에는 의례적으로 하는 칭찬이라 생각했다. 나중에 알고 보니 진심이었다. 직장동료 웨딩 영상과 아기 돌 영상, 다른 행사가 있을 때도 늘 나에게 영상을 만들어 달라고 부탁한다. 너무 놀라워서 사람들에게 물어봤다.

"제가 만든 영상의 어느 부분이 괜찮은 건가요?"

화려하지는 않지만, 영상에 맞는 적절한 배경음악 선택과 사진의

순서들이 좋아서 감동이 있다고 말해주었다. 그때 깨달았다. 영상편집을 할 때 스킬과 효과도 중요하지만, 그보다 더 중요한 것이 있었다. 어떤 것을 무엇과 서로 연결하느냐가 사람의 마음을 움직이고 감동을 준다는 것을 알게 되었다. 내게는 적절한 사진을 골라 조화롭게 나열하는 데 강점이 있었다.

편집의 시대이다. 아무리 하찮은 것이라도 어디에 연결하느냐에 따라 완전히 바뀌게 된다.

고구려의 왕이 되었던 바보온달도 혼자 있을 때는 그냥 어리석은 바보에 불과했다. 그는 평강공주를 만났다. 그녀를 통해 공부하게 되고 무예도 배우게 되었다. 결국 그는 고구려의 왕이 되었다. 바보온달이 평강공주를 만났기 때문에 온달은 전혀 다른 인생을 살게 되었다. 바보온달과 평강공주가 연결되어 이뤄낸 결과이다.

이것이 편집이다. 인생은 무엇과 무엇이 연결되느냐에 따라 생각지 않은 결과를 만들어 낸다. 사람은 연결이 된 그것에 맞게 삶을 살아가게 되어있다.

'나' 라는 사람은 40년의 가까운 인생을 살아오면서 많은 것들이 연결되었다. 부모, 학력, 직업, 건강, 관계, 공동체 등. 다양한 것들이 연결되면서 그것이 곧 지금의 나를 말해주고 있다.

나는 원래 의상디자인을 전공했다. 누가 뭐래도 디자이너라는 꿈을 가지고 있었다. 디자이너로 크게 성공할 생각도 가지고 있었다. 어느 날 전혀 생각하지 않았던 사람을 만나게 되었다. 그분이 나를 지금 근무 하고 있는 교도소로 추천해주었다. 준비 끝에 여기까지 오게 되었다. 내 인생에 그분이 연결되면서 지금의 나는 내 생각과 전혀 다른 인생을 살고 있다.

JYP엔터테인먼트 대표인 가수 박진영은 SBS 〈힐링캠프〉에서 이런 말을 했다.

"내가 지금의 성공을 이룰 수 있었던 것은 지독한 운이 따랐기 때문이다. 우연히 미국에 가서 마이클 잭슨 음악을 알게 되었던 일, 어렸을 때 억지로 어머니에게 피아노를 배웠던 일, 작곡가 김형석과 방시혁을 만났던 일. 내게 주어졌던 수많은 운 중에 단 하나만 빠졌어도 지금의 내가 존재할 수 없었다."

사람은 이렇게 무엇과 편집이 되느냐에 따라 인생이 바뀐다.

교도소 안에 갇혀있는 수용자들은 많은 아픔과 상처들을 가지고 있다. 과거에 편집이 잘못된 인생을 살아왔기 때문이다. 나는 수용자들에게 중매하는 일을 한다. 그들에게 유익한 교육을 해주고, 오시는 자원봉사자들과 좋은 관계를 만들어주고 있다.

얼마 전에는 출소한 수용자들과 직원들이 1박 2일로 모임을 가졌다. 만나서 함께 못다 한 이야기도 나누고, 맛있는 것도 먹고, 운동도 같이했다. 내가 출소자들에게 해줄 수 있는 일은 이런 좋은 만남을 계속 유지하는 것이다. 출소자들의 인생에 우리 직원들이 연결되어, 사회에서 조금이나마 나은 삶을 살기를 바라는 마음에서다. 앞으로 우리 교도소가 가지고 가야 할 과제이고 사명이기도 하다.

요즘 누구나 힘들게 살아간다. 여러 가지 이유가 있겠지만, 과거의 안 좋은 이력이 자신을 붙잡고 있어 힘든 경우가 많다.

'내가 예전에 저 사람만 안 만났다면 이렇게 되진 않았을 텐데…'

'내가 예전에 공부만 열심히 했다면 이런 인생은 안 되었을 텐데…'

'내가 예전에 그런 일을 당하지 않았다면 이렇게까지 되진 않았을 텐데…'

이렇게 사람은 과거에 묶여 후회하며 힘들어한다.

나는 수용자들과 과거의 안 좋았던 일들, 후회되었던 일들을 흰 종이에 적어보는 수업을 한다. 적어보면 자신이 걸어온 길을 한눈에 볼 수가 있다. 여기서부터가 중요하다. 부정적인 것보다 그 일을 통해 얻게 되었던 감사 제목을 적어보라고 한다. 찾아보면 분명히 있다. 우린 실수를 통해 인생을 배우고, 실패를 통해 세상을 배우는 존재이기 때문이다.

과거는 변하지 않는다. 그대로 존재하고 있다. 그러나 생각을 전환시켜 긍정적으로 그 일을 바라보면 기쁨이 찾아온다. 수용자들은 기록을 하면서 과거를 다시 점검하게 된다. 어두웠던 과거를 희망의 미래로 돌릴 수 있게 된다.

기록을 하면 인생을 편집할 수 있다. 기록만이 과거를 되새김질할 수 있다. 기록을 하면 눈으로 확인할 수 있다. 긍정적인 생각의 기록으로 수정하여 내 인생을 전환 시킬 수 있다.

나는 가끔 현재 내가 걸어가고 있는 위치를 점검하기 위해 '커넥팅 맵'을 그려본다. 내가 만든 것이다. 종이에 큰 원을 그리고, 가운데에 '나'라고 쓴다. 그 원 주위에 내가 현재 가지고 있고, 누리고 있는 것들을 적어본다. 그럼 현재의 '나'가 보인다. 그다음에 앞으로 나를 성장시킬 수 있는 목록들을 그 옆에 적어본다. 내가 만들고 싶은 습관이나 만나고 싶은 사람, 가고 싶은 장소를 써보는 것이다. 다 적은 종이를 잘 보이는 곳에 붙여 놓는다. 매일 보며 그것들과 연결하기 위해 노력한다.

무엇과 연결이 되느냐에 따라 자신의 인생은 결정이 난다. 생각만 하고 있어서는 안 된다. 적어야 한다. 적지 않으면 그 삶은 도망갈

둔한 머리가 총명한 머리를 이긴다

가능성이 크다. 자신의 삶을 자신이 원하는 것과 연결되기 위해서는 기록만한 것이 없다. 어제를 기록하고, 오늘을 기록하고, 내일을 기록하라. 그리고 미래를 기록하라.

소소한 것부터 메모하라

'소확행'이라는 말을 들어봤을 것이다. 이제 누구나 한 번쯤은 들어봤을 만큼 우리의 삶에 크게 자리 잡았다. 소소하게 일상에서 느낄 수 있는 작지만 확실하게 실현 가능한 행복. 이런 삶을 추구하는 사람들이 많이 늘어나고 있다.

또 You Only Live Once의 앞글자를 따서 '욜로'라는 말도 유행이다. '인생은 한 번뿐이다'라는 뜻이다. 현재의 자신의 행복을 가장 중시하고, 자신을 위해 소비하는 태도를 말한다.

예전에는 행복을 멀리서만 찾았다. 현재의 내가 열심히 땀 흘려 노력하면 저 어딘가에서 기다리고 있을 사막 한복판의 오아시스와 같은 행복들. 이제는 사람들이 현명해진 거 같다. '소확행'이나 '욜로' 같은 말이 유행하는 것을 보니, 작더라도 행복을 가까운 곳에서 찾아 누리며 살아가고 있는 거 같다.

내게도 소확행이 있다. 그것은 바로 단연 독서와 메모이다. 요즘 두 아이를 키우며 육아에 지쳐있는 나는, 독서와 메모하는 시간이 어느 꿀보다도 달다. 많은 시간이 주어지는 것은 아니다. 길게는 1시간 주어질 때도 있고, 짧게는 5분 정도 짬이 날 때도 있다. 나는 이 시간에 전투적으로 책을 읽는다. 아이들이 언제 깰지 모른다는 두려움(?)으로 책을 읽으니 몰입이 더 잘 된다.

'화살기도'라는 말이 있다. 자신이 하고 싶은 기도를 그때그때 짧게 하는 것을 말한다. 육아를 하면 책상 앞에 앉아 기록을 하고 메모할 시간도 별로 없다. 그래서 메모도 '화살 메모'를 해야 한다. 생각과 좋은 아이디어가 번뜩이면 한 손에는 아이를 안고, 한 손에는 펜이나 핸드폰을 들고 메모를 한다. '이렇게까지 하며 메모를 해야 하나?'라는 생각이 들 때도 있다. 이것이 내 일상에서 자리 잡고 있는 소소한 행복이다.

사람들은 독서를 하라고 하면 충분한 시간이 주어졌을 때 하려고 한다. 쉬는 날이나, 아무 약속이 없고 여유가 생겼을 때, 그제야 먼지가 하얗게 내려앉은 책을 펼쳐 든다. 그렇게 해서는 꾸준하고 규칙적으로 독서를 할 수가 없다. 또 이런 습관을 가지고서는 그나마

하고 있던 독서도 포기하게 된다.

"내가 무슨 독서야!"

"그냥 내 스타일대로 살자!"

독서를 좋아하는 사람들은 결코 시간이 많아서만 하는 것이 아니다. 가치에 차이다. "마음이 없으면 핑계가 보이고, 마음이 있으면 길이 보인다."라는 말이 있다. 내가 무언가에 중요한 가치가 있으면 없는 시간도 쪼개서 하는 것이 사람이다.

우리는 아무리 바빠도 하루 세끼를 다 챙겨 먹는다. 먹는 것은 누구에게나 중요하기 때문이다. 독서도 마찬가지다. 독서가 중요하고 좋은 것이라고 생각한다면 다른 시간을 포기해야 한다. 자신의 소소한 일상에서 틈이 날 때마다 조금씩 독서를 해보라. 어느 한 날을 작정하여 독서 하는 것 보다, 적게라도 독서습관을 만드는 것이 더 중요하다.

메모도 소소하게 시작하면 된다. 시간을 내서 하려고 하지 마라. 소소한 일상에서 소소하게 적으면 된다. 거창하고 대단한 것을 적으려고 하지 마라. 시작이 반이다.

아내와 연애를 하며 아내에게 잘 보이기 위해 여러 가지 노력을 했었다. 그러다 보니 자연스럽지 못했다. 대화의 주제도 고리타분한 것들만 꺼냈었다. 나의 말투나 행동도 어설펐다. 좋은 모습만 보이며, 좋은 결과를 만들어 내려고 했다. 아내는 이런 나의 모습을 싫어했다.

모든 것이 마찬가지다. 잘 하려고 하면 더 안 된다. 특히 메모는 더 그렇다. 잘 적으려고 하지 마라. 잘 적으려고 하면 더 생각이 분산되고, 날것 그대로를 낚아낼 수 없다. 그럼 자신이 처음에 의도한 방향과 다른 곳으로 흘러가 버리게 된다. 잘 하려고 하면 실수를 하게 된다. 충분한 수련과 훈련 끝에서야 자연스럽게 나올 수 있다. 처음부터 잘 하려고 하면 반드시 탈이 나게 되어있다.

하루 24시간을 살다 보면 많은 것들을 보게 되고, 듣게 되고, 느끼고 생각하게 된다. 이런 것들을 적으면 된다. 나도 처음에 그랬고, 지금도 그렇다. 누군가와 대화하다가 적고, 길을 가면서 적는다. 지하철이나 버스 안에서 적고, 자다가 일어나서 적는다. 또 강의를 듣다가 적고, 책을 읽다가 적고, 밥을 먹다가도 적는다. 내용도 별것 없다. 단어를 적을 때도 있고, 짧은 문장을 적을 때도 있다. 메모는 길게 적을 수가 없다. 그만한 시간이 주어지지 않기 때문이다. 긴 문장을 만났을 때는 핸드폰으로 사진을 찍어놓는 것이 편하다. 이렇게 모든 것은 소소하고 작은 것에서부터 시작한다.

네덜란드의 출신의 유명한 화가 빈센트 반고흐는 "위대한 성과는 소소한 일들이 모여 조금씩 이루어진 것이다."라고 했다. 아무리 높은 빌딩도 벽돌 한 개 한 개가 모여 이루어졌고, 저 넓은 태평양도 작은 물방울이 모여서 이루어졌다. 우리가 너무도 잘 알고 있는 세계를 이끌어 가는 인물들도 모두 작고 소소한 것에서부터 시작했다는 것을 잊지 마라.

당신은 '전문가'라고 하면 어떠한 것이 먼저 떠오르는가.

'어떠한 한 분야에 열심히 공부해서 결과를 낸 사람?'

'수많은 경험과 능력을 쌓아서 많은 사람들이 인정하는 자리에 앉아 있는 사람?'

이런 전문가는 옛말이다. 이제는 모든 사람이 전문가인 시대이다.

예전에는 뛰어난 지식인과 훌륭한 기술력을 가진 사람들만 각광을 받았다. 지금은 소소하게 조금만 알고 있는 사람도 전문가다. 전문가가 다른 게 아니다. 누군가에게 도움을 주는 사람이 전문가다. 도움받은 사람에게는 도움을 준 사람이 전문가인 것이다.

이제는 배움도 자신에게 필요한 만큼만 배운다. 예를 들어 카메라에 대해 배운다고 한다면 처음부터 끝까지 다 배우지 않는다. 자기가 사용하고 딱 필요한 만큼만 배운다. 이게 앞서서 말한 '소확행'이나 '욜로'다.

이런 시대가 아니라면 내가 어떻게 메모에 관한 책을 쓸 수 있으며, 메모 전문가가 될 수 있겠는가. 내 스스로를 진단해볼 때 부끄럽기 그지없다. 이런 나의 소소한 메모습관도 소소한 나의 경험들도 누군가에게는 도움이 될 거라는 마음으로 책을 쓰고 있다. 나는 소소하게 기록만 했을 뿐이다. 시대를 잘 만나 전문가가 되었다.

이제는 소소하게 사는 것이 유행이다. 소소하게 만들어가고 있는 자신의 일도 전문가가 되기에 충분하다. 소소한 것을 꾸준히 해야 한다. 내가 메모를 매일 조금씩 하듯 말이다. 소소한 것이라고 우습게 생각하고 방치하면 안 된다. 물을 주고 잘 가꿔야 한다. 그럼 누군가에게 분명 도움을 주는 전문가가 되어있을 것이다.

나는 이런 소소한 배움이 좋다. 재미도 있다. 배우면서 행복하다. 부족했던 내 자신을 조금씩 만들어가고 있다는 자체가 기특하다. 앞으로도 나의 삶에 필요한 부분이 있다면 멈추지 않고 조금씩 계속 배워갈 생각이다. 이런 꿈들은 소소한 것부터 메모했던 나의 메모습관에서 비롯되었다. 좋은 꿈들을 꾸고 이루기 위해 메모를 했던 것은 아니었다. 단순히 기억력이 좋지 않았던 내가, 잘 기억하기 위해서 시작했던 것이었다. 메모는 꼬리에 꼬리를 물어 좋은 먹이를 가져다준다. 시금치를 먹으면 근육이 커지는 뽀빠이처럼 메모는 내 삶을 균형 있게 지탱해주는 좋은 근육이 되었다.

소소는 한자로 '작을 소(小)' 자를 두 개 쓴다. 즉, 작은 크기를 말한다. 하지만 나는 '밝을 소(昭)' 자를 두 개 쓰고 싶다. 소소하게 산다는 것은 현재 자신이 밝고 빛나는 삶을 꿈꾸며 살고 있다는 것이기 때문이다.

소소(小小)한 것을 메모하라. 그 소소(小小)함의 기록들이, 얼마나 소소(昭昭)한 인생이라는 것을 말해 줄 것이다.

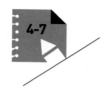

이동시간은 메모하기 최고의 시간이다

나는 그동안 바쁘게 8년을 살아왔다. 2011년에 교도관으로 입사하여 지금까지 마음 놓고 쉬어본 적이 없다. 잦은 당직과 수용자들을 상대하는 일은 쉽지 않았다. 건강도 나빠졌고, 스트레스 때문에 이제 흰머리도 곧잘 보인다.

내가 다니는 교도소는 여주에 있다. 경기도지만 원주 근처에 있어서 강원도라고 해도 전혀 이상하지 않다. 교통편도 좋지 않다. 빠듯한 월급이었지만 어쩔 수 없이 자가용을 살 수밖에 없었다.

왕복 130km를 주말을 제외하고 8년을 다녔다. 지구 한 바퀴의 거리가 4만 6천km 정도 된다. 지구를 약 다섯 바퀴 반은 돈 셈이다. 차 안에서의 시간이 아깝다는 생각이 들었다. 시간을 허투루 보내기 싫었다. 내가 혼자 있을 수 있는 유일한 공간이었다.

차 안에서 오고 가며 하루도 빠짐없이 자기계발 강의를 들었다. 독서 못지않은 영향을 주었다. 웬만한 건 다 섭렵한 거 같다. 이 시간이 좋았다. 피곤하고 지친 몸을 이렇게라도 깨우고 싶었다. 다양한 성공한 사람들의 성공 스토리를 들으며 나의 꿈을 확장할 수 있었다. 내게 차 안은 꿈을 키우는 공간이었다.

차에서 강의를 듣다 보면 메모하고 싶은 순간이 온다. 회사에서 쓰다 남은 이면지를 모아다가 반으로 잘라 두꺼운 집게로 묶었다. 잘 써지는 펜도 함께 보조석 의자에 올려뒀다. 운전하다가 차를 길가에 세우고 메모를 했다. 조금 번거롭기는 했지만, 생각이 휘발되어 버릴까 봐 이렇게 할 수밖에 없었다.

글씨는 최대한 날려서 나만 겨우 알아볼 수 있게끔만 쓴다. 빠른 시간에 이루어져야 하기 때문이다. 회사나 집에 도착하면 메모해 둔 것을 다이어리나 컴퓨터에 보기 좋게 옮겨 놓는다.

운전하면서도 충분히 메모할 수 있다. 운전하면 메모할 거리가 더 떠오른다. 혼자 있을 때만큼 메모하기 좋은 때는 없다. 나는 차 안에서 회사의 오늘 해야 할 일들을 정리하는 편이다. 어제 무슨 일을 했는지, 오늘 무슨 일을 할지를 생각한다. 종이에 다 적는다. 메모해

놓은 것을 보며 일을 시작하면 그렇게 든든할 수가 없다.

메모는 시도 때도 없이 해야 한다. 이것이 메모가 가진 매력이다. 때를 놓친다면 그건 메모가 아니다. 이미 내 머릿속을 지나가 버렸기 때문이다. 자신이 많이 머무는 곳에 메모장을 항상 비치해놓아라. 그 어느 곳이든 메모장이 없으면 머릿속에 있는 기억을 건져낼 수 없다.

'메모 테이블' 이라는 것이 있다. 소파 쿠션처럼 생겼다. 위에는 딱딱한 나무 테이블로 되어있어서 올려놓고 쓰기에 좋다. 자가용에 항상 가지고 다닌다. 긴 내용을 써야 할 때 사용한다. 내 차 안은 언제든지 메모할 수 있도록 최적화가 되어있다.

나 말고도 대부분 사람들은 많은 시간을 차 안에서 보낸다. 지하철이나 버스 안에서 출퇴근을 하며 혼자만의 시간을 보낸다. 대중교통을 타 보면 두 가지 부류의 사람들로 나뉜다. 한 부류는 핸드폰을 보고 있고, 한 부류는 잠을 자고 있다. 이 많은 사람들 중에서 종이를 꺼내 메모하는 사람은 좀처럼 찾아보기가 힘들다.

이동시간은 메모하기에 좋은 시간이다. 가만히 일을 할 때나, 집에 있을 때 보다 머리에 자극이 더 많이 된다. 사람들의 움직임이나 표정, 말 등을 보고 듣고 있으면 머리가 번쩍거린다. 버스 밖에 풍경들을 바라볼 때 잘 떠오르지 않던 아이디어도 쉽게 떠오르는 경험을 많이 한다.

한 신문기자가 일본의 교토대 총장에게 물어봤다.

"왜 노벨상은 교토 쪽에서 많이 나오는 겁니까?"

교토대 총장은 말했다.

"동경 쪽은 평지이고, 교토 쪽은 산지입니다. 산지는 오르막 내리막길이 있어서 천천히 걸을 수밖에 없습니다. 저희 학생들은 천천히 걸으면서 좋은 아이디어가 나옵니다."

나는 악상이 떠오르지 않으면 우선 밖으로 나간다. 길거리를 걸어 다니거나, 버스를 타고 돌아다닌다. 악상이 떠오를 때까지 말이다. 그래도 떠오르지 않으면 주변에 있는 산에 올라간다. 산속에 있는 좋은 공기를 마시고, 산새들의 소리를 듣고 있으면 머리가 맑아진다. 악상이 떠오르지 않고는 못 배긴다.

걸으면 뇌가 젊어진다. 걷기는 뇌를 자극하고, 건망증도 극복한다고 한다. 미국 캘리포니아주의 치매 증세 없이 건강하게 골프를 하던 '엘지 맥린'이라는 할머니가 있었다. 2007년 102세의 나이로 드라이버로 티샷을 날려 평생 처음 홀인원을 하였다.

둔한 머리가 총명한 머리를 이긴다

이 할머니는 "누구든지 끊임없이 포기하지 말고 노력하면 할 수 있다."라고 했다.

골프는 그 어떤 운동보다 많이 걷는 운동이다. 엘지 맥린 할머니는 걸으면서 뇌를 활성화시킬 수 있었다. 결국 이렇게 좋은 결과까지 이어질 수 있었던 것이다.

직장이나 학교가 멀다고 볼멘소리를 하며 다니는 사람들이 있다. 지인 H 씨도 회사에서 제공하는 버스를 타고 1시간 10분가량을 간다. 버스에서 딱히 할 게 없으니 잠이 오든 안 오든 눈을 감고 다닌다. 찌뿌둥한 몸을 일으켜 회사에서 겨우 일을 한다. 다시 그 버스를 타고 집에 와서 저녁 먹고 쉰다. 이런 삶을 반복적으로 사는데 어찌 일이 잘 될 수 있으며, 인생이 재미있을 수 있을까.

나는 그에게 차 안에서의 시간을 활용해보라고 권했다. 독서를 하고 다이어리를 가지고 다녀 보라고 했다. 오늘 해야 할 일들을 기록하고 확인하면서 말이다. 그는 한 달 후 내게 찾아와서 바뀐 자신의 삶에 대해 이야기해줬다. 잠만 잤던 차 안에서의 시간을 활용하니, 시간을 번 거 같은 느낌이 든다고 했다. 무기력한 삶에서 활력이 넘치는 삶으로 변했다고 했다. 나의 작은 말 한마디가 누군가의 일상에 큰 원동력을 준 거 같아 뿌듯했다.

운전을 많이 하고 다니다 보니 주유비도 만만치 않았다. 평균 한 달 30만 원은 족히 나왔다. 주유소의 주유 값도 자주 변동되었다. 그때그때 조금씩 달랐다. 매달 몇 킬로를 운행하고, 얼마의 주유비를 사용하는지가 궁금해졌다. 또 장거리 운행을 하다 보니, 엔진오일이나 소모품도 빨리 교체해야 했다. 차계부를 써야겠다고 마음을 먹었다.

집에 안 쓰는 노트를 차에 비치해두고 주유를 할 때마다 주행거리와 금액을 기록했다. 그 외에 차에 대한 비용이 발생할 때도 적었다. 한 달이 되면 노트에 기록해 놓은 것을 컴퓨터 엑셀 파일로 정리했다. 이렇게 해두면 차에 대해 매달 얼마씩 지출이 되었는지 알 수 있다. 년 단위의 지출도 한 눈에 볼 수 있다.

차계부는 솔직히 조금 번거로울 수 있다. 주유할 때마다 기억해서 쓰기가 쉽지 않기 때문이다. 《기록형 인간》의 저자 이찬영은 "집중이란 한 번에 한 가지 일만 하는 것이다. 반대로 집중하지 않는 것은 한 번에 여러 가지 일을 하는 것이다."라고 했다. 힘들어도 메모하는 일만큼은 집중할 필요가 있다. 기록을 해두면 큰 효과를 불러오기 때문이다.

모두가 바쁜 게 산다는 것을 잘 알고 있다. 이제 바쁘다고만 하지 말고, 바쁘게 이동하는 시간을 잘 활용해서 기록하고 메모를 해보

둔한 머리가 총명한 머리를 이긴다

자. 저자도 바쁘게 살아왔지만, 종이에 한 자 한 자 적어가면서 일상의 여유를 배우게 되었다.

기록은 절대 배신하지 않는다. 적어둔 만큼 보상을 해준다. 바쁜 발걸음을 멈추고 종이를 꺼내 펜으로 무언가를 적고 있는 모습. 나는 이 모습처럼 아름다운 것도 없다고 생각한다. 발걸음을 멈춰라. 그리고 써라. 그럼 당신은 더 여유 있는 삶을 마주하게 될 것이다.

"위대한 성과는
소소한 일들이 모여 조금씩
이루어진 것이다."

– 빈센트 반고흐 –

제 5 장

매일 모으는
성공의 조각

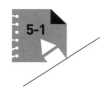

기록하는 대로 이루어진다

'당신은 무엇을 할 때 가장 행복한가?'

'친구들을 만나 맛있는 것을 먹으며 수다를 떨 때?'

'간절하게 갖고 싶었던 것을 손에 쥐었을 때?'

'아니면 하고 있던 공부나 일을 다 그만두고 누구의 간섭 없이 침대에 누워 편히 쉴 때?'

사람은 다 각자마다 행복을 추구하는 스타일이 다를 것이다.

자신이 하고 싶은 것을 하며 사는 것만큼 행복한 것도 없다. 내 삶에 내가 주체가 되어 이끌어 간다는데 누가 뭐라 하겠는가. 하고 싶은 것을 하며 사는 것은 그 무엇보다 중요하다. 하지만 우리는 현실적으로 하고 싶은 것을 다 하며 살 수 없다. 마음은 누구나 간절하지만, 그것들을 이루며 사는 것은 생각보다 쉽지 않다. 사람들은 대부분 시간적인 부분과 물질이 없어서라고 말을 한다. 그것도 어느 정도 공감이 된다. 하지만 진짜 이유는 동기부여를 만들어내지 못해서이다.

얼마 전 처가 식구들과 책을 읽기 시작했다. 내가 제안했다. 독서의 효용 가치를 가족들에게 알려 주고 싶어서였다. 제도가 필요했다. 그렇지 않으면 흐지부지될 것이 뻔하기 때문이다.

하루에 본인이 원하는 책 한 챕터를 읽고, 읽은 부분과 자신의 모습을 찍어 인증샷을 올리기로 했다. 못한 경우에는 벌금 5,000원을 걷겠다고 했다. 이 프로젝트는 성공이었다.

가족 모두가 책 읽기에 성공할 수 있었던 이유는 벌금 때문만은 아니었다. 안 하고 돈 안 내면 그만이었다. 한 번도 빠지지 않고 책을 읽을 수 있도록 동기부여를 준 것은, 함께 하는 누군가가 옆에 있어서였다. 그리고 무엇보다 인증샷을 통해 매일 성장하고 있는 자신을 볼 수 있었기 때문이다.

자신이 지나온 시간들을 기록해놓으면 성장할 수 있는 기회가 마련된다. 그 과정 과정들을 눈으로 보면서 성취감이 조금씩 생기는 것이다. 장난감 블록을 쌓는 것도 한 개 놓기가 귀찮다. 두세 개 놓다 보면 성취감이 생겨 온 정성을 다해 끝까지 쌓게 된다.

기록을 해놓으면 동기부여가 된다. 꿈도 많고 하고 싶은 것도 많은 나는 버킷리스트를 작성해서 집 잘 보이는 곳에 붙여놓았다. 내가 하고 싶고, 갖고 싶은 것들을 적어놓은 것이다.

나만의 음악작업실 만들기, 한자 1,800자 외우기, 부모님 제주도 여행 보내드리기, 결혼식 주례해보기, 야마하 건반 사기, 스페인 산티아고길 완주하기, 책 쓰기. 또 꿈이 생길 때마다 추가해서 기록 해놓고 있다. 소소한 꿈들이지만 하나씩 이루어 갈 때마다 지워나가며 체크하고 있다.

버킷리스트를 통해 이룬 것이 많다. 작년에 나만의 음악작업실도 만들었고, 꾸준히 독서와 운동도 하고 있다. 돈을 조금씩 모아서 사고 싶었던 컴퓨터와 카메라도 샀다. 그리고 지금 나만의 저서도 쓰고 있다. 이외에 다른 것들도 언젠가는 이룰 수 있다고 믿는다.

김밥 파는 CEO 김승호 저자의 《생각의 비밀》에서 "매일 할 일을 적는 사람이 적지 않는 사람보다 9배 부자 될 확률이 높다."라고 했다. 이처럼 자신의 계획을 써놓지 않으면 이룰 수 있는 확률이 현저히 낮아지는 것이다.

미국의 어느 대학에서 조사했는데 종이에 직접 목표를 적은 사람과 적지 않은 사람의 삶의 질의 차이는 10배 이상이 났다고 한다.

나 역시 기록을 해놓지 않았다면 그때의 포부와 희망 사항으로 끝났을 것이다. 그 당시 잠깐의 꿈들로 잊혀졌을 것이다. 적어놓으니 꿈이 현실이 되었다. 적지 않으면 어설프게 기억으로만 남아서 행동으로 옮기기까지는 꽤 시간이 걸릴 수도 있다. 우선 써 놓고 자주 보는 것이 중요하다. 간절하면 반드시 이룰 수 있다. 그 간절함을 줄 수 있는 것이 바로 기록이다.

교도관은 일주일에 한 번씩 수용자가 있는 거실에 들어가 거실검사를 한다. 위험한 물건은 없는지, 불법으로 제작한 물건은 없는지 등을 확인하러 들어가는 것이다.

거실에 들어가면 벽면에 교도소에서 나누어준 달력이 붙어있다. 수용자들은 달력에 출소 D-Day를 기록해놓고 매일 출소할 날만 손꼽아 기다리고 있다.

한 수용자에게 물어보았다.

"달력에 출소일을 적어놓으면 뭐가 달라지나요?"

수용자는 미소를 띠며 내게 말했다.

"적어놓으면 내가 오늘 무엇을 하며 살아야 하는 지가 명확해져요."

그 수용자는 출소하는 날에 맞춰서 체계적으로 수용 생활을 해나 갔다. 하루도 빠지지 않았다. 운동을 하고, 책을 읽고, 공부도 했다. 달력만 봐도 그 수용자의 모든 행적을 볼 수 있었다.

수용자들은 대부분 기록을 잘 한다. 기록을 안 하던 사람도 교도소 에 들어오면 기록을 하게 되는 거 같다. 이유는 기록을 해놓지 않으 면 하루하루가 무료하고 지루하기 때문이다. 매일 똑같이 반복되는 삶에 기력을 잃는다. 그리고 무엇보다 기록을 하면 계획이 서고, 목 표가 서고, 꿈이 생긴다.

요즘은 계획 없이 살아가는 사람들이 많은 거 같다. 특히 청소년들 이 더욱 그렇다. 여러 가지 이유가 있겠지만, 예전 시대보다 기록을 하지 않아 그렇다고 생각한다. 기록은 목표를 향해 끝까지 달려갈 수 있는 원동력을 준다. 재미없고, 지친 일상 속에서 활력을 깊이 넣 어주기도 한다. 자신의 핸드폰이든, 직장 사무실에 있는 책상 달력 이든, 방 안에 쓰임 받지 못하고 있는 노트에 자신의 계획을 써보라. 계획은 써야 계획이고, 써야 이룰 수 있다. 쓰다 보면 나름 체계적으 로 살고 있는 자신을 마주하게 된다.

미국 할리우드 스타 짐 캐리는 무명시절에 집도 없이 무척이나 가난했다. 그는 5년 동안 1천만 달러 백지수표를 지갑 속에 넣고 다녔다고 한다. 그 후 5년 뒤 '덤앤더머'와 '배트맨' 영화에 출연하게 되면서 1천 7백만 원의 출연료를 받았다. 그는 자신의 목표와 꿈을 지갑 속의 백지수표로 기록했던 것이었다.

우리나라 국민MC 유재석이 만든 노래 중 '말하는 대로'라는 곡이 있다. 이 곡 역시 자신의 무명시절 때 힘들고 절박했던 마음을 담아 만든 곡이다. 이 곡 가사 중에 이런 부분이 있다.

'말하는 대로 말하는 대로'

'될 수 있단 걸 눈으로 본 순간'

'믿어 보기로 했지'

'마음먹은 대로 생각 한 대로'

'할 수 있단 걸 알게 된 순간'

'고갤 끄덕였지'

그는 이 가사처럼 '나는 할 수 있다!' '나는 반드시 이룰 수 있다!' 라고 말을 하며 다녔다고 한다. 늘 반복적으로 했던 자신의 긍정적인 말이 엄청난 꿈으로 둔갑시켜 버린 것이다. 이 외에도 성공사례는 무수히 많다. 과정과 모양은 조금씩 다른 거 같아도 성공한 사람들은 분명한 공통점이 있었다. 항상 꿈을 기록해놓았다는 것이다.

짐 캐리의 백지수표도 유재석의 반복적으로 했던 말도 또 하나의 기록이다. 기록은 손으로 쓰는 글씨로만 국한되지 않는다. 기록이란 자신의 뇌에 자극을 주는 것이 본질이기 때문이다.

어떠한 방법이라도 좋다. 사진을 찍어놓는 것도 좋고, 캡쳐를 해놓는 것도 좋다. 반복적으로 말 해보는 것도 좋다. 뇌에 자극을 계속 줘서 생각하라. 행동으로 이어지게 만드는 것만이 우리의 꿈을 이룰 수 있다.

당신은 언제까지 꿈을 꿈으로만 날려 보내겠는가. 언제까지 계획을 계획으로만 끝내려고 하는가. 남들이 무시하고, "너는 할 수 없어!"라고 말한다 할지라도 괜찮다. 기록을 해놓고 자주 확인을 한다면 상황은 180도 달라진다.

자신을 믿어보라. 아니, 자신이 한 기록을 믿어보라. 기록하는 대로 이루어진다. 반드시!

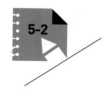

100세 시대 메모가 답이다

지금은 누구나 스마트폰으로 쉽게 인터넷에 접속하는 시대이다. 정보를 그저 많이 아는 것은 크게 의미가 없다. 그보다 수많은 데이터 중에서 필요한 정보를 골라내고, 정보를 새롭게 조합하여 문제를 해결하는 융합 능력이 중요해지고 있다.

정답이 있는 문제는 인간보다 인공지능이 더 잘 할 것이다. 인간에게 필요한 것은 정답이 없는 문제에 도전하는 것이다.

'그렇다면 우리는 앞으로 어떤 공부를 하며 살아야 할까?'

'100세 시대를 준비하기 위해서는 무엇을 준비해야 할까?'

책《진짜공부》에서 저자 박경숙은 "공부에는 세 가지 차원이 있다."라고 말한다. 1차원 공부는 '살아남기 위한 공부'이고, 2차원 공부는 '이기기 위한 공부'이고, 3차원 공부는 '즐기며 깊게 하는 공부'이다. 이 저자는 앞으로 우리가 해야 하는 공부는 3차원 공부라고 했다.

3차원 공부는 암기하고 기억하는 것에 목숨을 걸지 않는다. 글 속에 숨은 뜻과 응용법을 생각하고 논지를 이해하고자 노력한다. 이들은 기존에 없던 것을 만들기 위한 공부를 한다. 3차원 공부에 무엇보다 필요한 것은 즐거움이다. 과제가 주는 흥미, 호기심, 자기 만족감 등에서 내재 동기를 얻는다. 새로운 시대에 필요한 공부는 3차원 공부다. 정답이 없는 문제를 풀어야 한다. 이제는 1등이 아니라, 남과 다른 것을 만들어내는 능력이다.

남과 다른 것을 만들어내기 위해서는 메모는 필수다. 창의적인 것은 다양한 것들이 섞이고 섞였을 때 나오기 때문이다. 예를 들어 크레파스가 흰색과 검은색밖에 없다고 해보자. 그림을 그리는데 분명한 한계가 있을 것이다. 하지만 크레파스 색이 많으면 많을수록 다양한 작품이 나올 수 있다. 메모를 많이 수집해 놓은 사람이 창의적인 것을 만들어내는 것은 너무나 당연한 일이다.

《에디톨로지》의 김정운 교수는 "인간은 공부하며 살 때가 가장 행복하고, 그 공부는 바로 '자신만의 언어'를 만드는 공부다."라고 했다. 이게 무슨 말일까.

'메타언어'라는 것이 있다. 예를 들어 '청첩장', '드레스', '토요일' 하면 떠오르는 것이 무엇인가. '결혼식'이다. 이 '결혼식'이라는 단어가 바로 메타언어이다. 전혀 다른 단어들을 나열했음에도, 그 단어들이 조합되면서 '결혼식'이라는 단어를 만들어낸 것이다. 이처럼 고차원의 단어 탄생이 메타언어이다.

똑같은 인생을 살고 있는 사람은 단 한 명도 없다. 다 보는 것이 다르고, 사는 곳이 다르다. 만나는 사람이 다르고, 경험하는 것이 다르다. 모두가 특별하다. 하지만 내게 일어나는 모든 일을 그냥 지나쳐버린다면 남는 것은 없다. 그 특별함을 모아놓지 않으면 평생 평범한 현재일 뿐이다. 일상에 일어나는 일들을 기록하고 메모해놓아라.

수집을 잘 해놔야 한다. 메모도 수집이고, 기록도 수집이다. 뭐든 많으면 좋다. 골라 쓸 수 있기 때문이다. 하지만 수집도 무작위로 하면 안 된다. 종류별로 정리를 하면서 수집하는 것이 중요하다.

나는 하루를 살면서 머릿속에 스치는 좋은 단어나, 좋은 문장을 만나면 핸드폰 메모장에 기록해놓는다. 핸드폰이 가장 빠르다. 문장과 단어는 분류해놓는다. 나중에 보기가 편하기 때문이다. 신문을 보다가 관심 있거나, 재미있는 기사가 있으면 가위로 잘라서 파일에 수집해 놓는다. 이것도 나중에 좋은 자료가 된다. 작곡도 기타를 들거나, 피아노 앞에 앉아 있다고 바로 나오는 것이 아니다. 이것 또한 수집을 잘 해놓아야 나중에 유리하다. 좋은 멜로디가 떠오르면 나는 즉시 핸드폰 녹음기에 녹음해놓는다. 짧은 멜로디이든 긴 멜로디이든 흥얼거려 놓는다. 가사가 될 만한 단어도 떠오르면 적어놓는다. 5분 만에 명곡이 나올 때도 있다.

기록을 하면 자신의 특별함을 기록이라는 보물 상자에 넣어 살아갈 수가 있다. 그리고 이것을 적재적소에 꺼내 사용하면 그것이 바로 남과 다른 능력이 되는 것이다.

100세 시대를 끝까지 잘 살기 위해서는 우선 내 삶이 재밌어야 한다. 일 만해서는 안 된다. 모아놓은 돈으로 여행 다니고, 맛있는 것만 먹으러 다니는 것도 한계가 있을 것이다. 자신을 표현하며 살아야 한다. 사람은 자신의 존재와 특별함을 세상에 내비치며 살 때 행복하다.

유튜브 채널 중에 '주부아빠' 라고 있다. 이 분은 40대 중반의 한 가정의 가장이다. 유수의 IT 회사에 다니다가 인생이 재미가 없어서 사표를 냈다. 두 아이를 돌보며 예전부터 하고 싶었던 유튜버를 하고 있다. 책도 쓰고 있다. 자신의 매력과 모습을 세상에 알리고 있는 지금이 너무 행복하다고 했다. 직장에만 머물러있지 말고, 하고 싶은 일이 있으면 바로 도전하라는 말도 아끼지 않았다.

나는 1년간 육아휴직을 했다. 가족과 매일 얼굴을 마주하며 생활하고 싶어서였다. 교도관이라는 일도 내게는 보람이 있고 즐거웠다. 하지만 바쁘게만 살고 싶지는 않았다. 체력이 약해져 갔다. 가족과 보내는 시간도 상대적으로 부족했다. 더 나은 가치를 찾고 싶었다. 일하지 않으니 생활비가 부족했다. 매달 마이너스였다. 하지만 행복했다. 일도 중요하고 돈을 버는 것도 중요하지만, 아이들과 아내와 보내는 시간들을 놓치고 나면 후회할 것만 같았다.

시간이 나는 대로 책도 썼다. 세상을 향한 '나'라는 사람의 표현이다. 역시 진정한 자유와 행복은 사랑하는 사람과 함께 있으며 나를 표현하며 사는 일이다.

100세 시대는 '자신만의 언어'를 만들며 살아야 한다. 누구도 따라 할 수 없는 자신만의 것을 담으며 살아야 한다. 과감할 필요가 있다. 현실에만 안주하면 지금 당장은 평탄할 수 있어도 장기적으로 봤을 때는 더 힘든 인생이 될 수도 있다.

대부분 사람들은 딱딱한 사무실 의자에 앉아 일주일 내내 일만 한다. 주말이면 찌든 몸을 뉘며 쉬기에만 바쁘다. 가족을 돌볼 시간도 부족하다. 늘 아쉬움뿐이다. 스스로에게 물어보라. 당신은 지금 행복한가. 그리고 지금 이 인생을 100세까지 살 자신이 있는가.

꾸역꾸역 사는 100세 시대는 의미가 없다. 시대가 바뀌었으면 그 시대를 따라갈 필요가 있다. 100세 시대를 잘 맞이하기 위해서는 도전이 필요하다. 100세까지 행복하기 위해서는 미리미리 준비해야 한다. 자신이 하고 싶은 것을 해야 100세까지 버틸 수 있다.

자신에게 계속 자극을 줘야 한다. 그것이 독서가 되었든, 여행이 되었든, 색다른 도전이 되었든 평범한 일상에서 벗어나야 한다. 그리고 일어나는 자극들을 계속 기록해야 한다. 그래야 하고 싶은 것도 찾을 수 있고, 내 인생이 원하는 진짜 방향도 정할 수 있다. 앉아서 일만 하고, 번 돈이 빠져나가는 통장만 바라보고 있다고 답이 나오지 않는다.

"당신이 스스로의 꿈을 세우고 이뤄나가지 않는다면 다른 누군가가 당신을 고용하고 그들의 꿈을 이뤄나간다."라는 명언이 있다. 나의 재미를 찾지 않고, 나만의 것을 만들어내지 않는다면 당신은 또 누군가의 밑에서 스트레스를 받으며 그 사람의 꿈을 이뤄주는 소모품으로

둔한 머리가 총명한 머리를 이긴다

만 평생을 살게 될 것이다.

얼마 전 주차장에 내려가 보니, 누가 내 차 앞범퍼를 들이박고 도망갔다. 살짝 긁힌 정도가 아니었다. 앞범퍼가 밑으로 떨어져 있었다. 범인을 꼭 잡아야겠다는 생각이 들었다. 녹화된 블랙박스를 살펴봤다. 하필 주차되어 있을 때는 작동이 안 되게 설정되어 있어서 녹화가 되지 않았다. 한숨이 나왔다. 그래도 포기할 수 없었다. 아파트 관리소에 가서 CCTV를 돌려달라고 했다. 범인을 잡았다. CCTV의 승리였다.

지금은 기록이 중요한 시대이다. 그 어디든 블랙박스와 CCTV는 열심히 돌아가며 영상으로 기록하고 있다. 그만큼 믿기 어려워진 세상이라는 뜻이기도 하다. 하지만 당하지 않고 살려면 증거수집이 중요하다. 기록은 이 시대를 살아가기 위한 선택이 아니다. 필수다. 그 기록이 나를 보호하고, 가족을 보호하고, 나라를 보호한다.

자신의 인생에 일어나는 모든 일은 데이터베이스 해놓아라. 나의 삶에 일어나는 모든 부분을 메모해 놓고 기록해놓아라. 남이 써놓은 것을 그대로 답습하는 공부가 아니라, 자신이 써 놓고 쌓은 것으로 공부하라. 그렇다면 100세 시대는 문제없다.

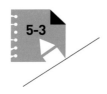

No.1이 아닌, Only1이 되라

NGCC(신생대협동중국) 회장인 '멜로디 리'는 제9회 아시안 리더십콘퍼런스에서 이런 말을 했다.

"중국 젊은이들이 명품을 살 때 로고만 보고 소비하는 시대는 지났습니다. 세계적 명품보다 특별한 개성이 돋보이는 브랜드에 지갑을 엽니다."

요즘 세상이 급격하게 변하고 있다. 사람을 보는 기준도 달라지고 있고, 각자 추구하는 가치와 방향 역시 하루가 다르게 변하고 있다.

우리 부모님 세대는 한 분야에서 최고가 되어야 했다. 성공에 목숨을 걸었다. 1950~60년대에는 나라가 매우 가난했기에 그 현실에서 빠져나와야 했다. 열심히 공부하고 땀을 흘려야만 출세할 수 있었다. 지금은 다르다. 최고가 되기보다 자신만의 특별하고 유일한 것에 사람들은 관심을 갖기 시작했다.

《허팝과 함께 하는 유튜브 크리에이터 되기》저자인 유튜브(동영상 공유 웹사이트) 스타 허재원은 창의적인 실험 영상을 업로드하여 1년에 약 12억을 번다고 한다. 그는 원래 택배회사를 다녔었다. 자신의 방 안에서 독특한 실험하는 것을 좋아했던 그였다. 본인이 즐기면서 실험 영상을 꾸준히 올리다 보니, 그 모습이 시청자들의 마음을 움직이게 된 것이다.

그는 현재 300만 명이 넘는 구독자를 보유한 유튜브 채널이 되었다. 기부와 나눔도 잘해 안티팬 하나 없는 국민 유튜버로 활동하고 있다.

지금은 그 사람의 머릿속에 무엇이 들어 있느냐가 중요한 시대이다. 실력이 없어도 상관없다. 기능적인 면을 내가 못하면 다른 사람이 해주면 된다. 남들이 하지 못하는 생각과 발상으로 자신의 상품을 만들어 내놓을 때 세상은 열광한다.

나는 내가 평소 해놓은 메모로 작사 작곡을 한다. 고등학교 때부터 재미로 해왔다. 만든 곡을 주위 사람들에게 들려주면 좋아한다. 독특하고 밝은 가사와 중독성 있는 멜로디가 귀를 사로잡는다고 칭찬해준다.

나는 악보를 그릴 줄 모른다. 내가 흥얼거리는 멜로디와 생각나는 가사를 잘 메모해 놓았다가 주위에 음악 전공자에게 부탁한다. 그럼 멋지게 악보를 그려서 내게 준다. 나는 그 악보 한 장으로 사람들에게 작곡가 김연진이 된다.

이제는 다 잘할 필요가 없다. 내가 못하면 다른 사람이 해주면 된다. 자신이 잘 하거나 좋아하는 거 하나면 그것으로 직업이 되고 인정받을 수 있는 시대이다.

일본 용어 중에 '오타쿠'라는 말이 있다. 한 분야에 열중하는 사람을 일컫는다. 다른 것은 하지 않고, 한 분야에만 빠져있어 예전에는 부정적인 말로 쓰였다. 지금은 그 오타쿠들이 세상을 바꾸고 있다.

종이비행기 국가대표 선수인 이정욱은 어려서부터 종이비행기 접는 것에 빠져 살았다. 남들이 알아주지 않았지만 한 곳에만 열중한 끝에 그는 2015년에 우리나라 종이비행기 국가대표선수가 되었다. 지금은 이색스포츠 컨설팅 회사를 차려서 어린아이들과 사람들에게 꿈과 희망을 전하는 일을 하고 있다.

아이콘 디자이너 김윤재는 미디어 디자인을 공부했다. 어학연수나 유학과 같은 스펙은 없었다. 그는 평소 좋아하는 일이 있었다. 교

통수단을 나라와 지역마다 특성을 살려 미니 아이콘으로 그리는 일
이었다. 자신이 만든 작품을 더 많은 사람에게 보여주기 위해
'behance' 라는 디자인사이트에 올렸다. 그 후 디자인계의 스티브
잡스라 불리는 '존 마에다' 의 눈에 띄게 되면서 전 세계 사람들에게
호응을 받기 시작했다. 결국 그는 유수의 기업, 애플 쿠퍼티노 본사
지도 팀에서 근무하게 되었다.

위대하다는 말은 큰 위(偉)에 큰 대(大)를 사용한다. 남들이 인정할
만한 높은 위치의 큰 사람을 위대하다고 말한다. 이제는 큰 위(偉)에
서 다를 위(違)로 바뀌었다고 해도 과언이 아니다. 남들과 다를 때 위
대하다고 말하는 시대가 되었다.

특별함이 성공하는 시대이다. 특별함이 사람들에게 주목을 받는
다. 자신이 가진 개성을 어떤 모양으로든 맘껏 표현할 수 있는 시대
가 도래 한 것이다. 남들의 말과 눈을 신경 쓸 필요가 없다. 자기가
좋아하고 관심 있는 것을 묵묵히 하면 된다.

나도 처음에 메모를 한다며 다이어리와 펜을 들고 다닐 때 유난 떤
다는 얘기를 많이 들었다.
"야! 쓸데없이 그런 거 하지 마!"

"요즘이 어떤 시대인데 그런 걸 들고 다녀!"

그런 소리를 들어도 나는 메모하는 것을 즐겼다. 남이 뭐라 해도 꿋꿋했다. 주위가 산만했던 나는, 메모를 하면 무언가에 집중할 수 있었다. 또 복잡한 머릿속이 시원해지는 느낌이었다. 지금은 나의 메모로 주위 사람들에게 '위대하다' 라는 말을 듣고 있다.

지금은 수첩을 가지고 다니며 메모하는 사람이 적다. 근무를 할 때나, 교육을 받을 때 펜을 들고 메모하는 사람을 찾아보기가 힘들다. 직원들은 내가 메모하는 것을 보며 '메모 김연진' 이라고 부른다. 메모하는 것이 특별해서가 아니다. 상대적으로 나의 메모하는 모습이 특별해진 것뿐이다.

《탁월함에 이르는 노트의 비밀》의 이재영 교수는 "남을 이기는 것이 아니라 남과 달라지는 것, 그 탁월함에 이르는 과정의 요소로 '노트'를 권한다."라고 했다. 나란 사람 자체는 평범하지만, 이 노트 하나로 특별한 삶을 살고 있다.

자신이 좋아하는 것이 있으면 그 목표를 잃지 말고 천천히라도 그 길을 가라. 땅을 팠는데 금방 물이 나오지 않을 수도 있다. 그렇다고 다른 곳에 가서 파면 구멍들만 여기저기 즐비할 것이다. 연장이나 장비를 탓할 필요도 없다. 자신이 가지고 있는 것이 낡은 장비여도 상관없다. 그것으로 열심히 한 곳을 파다 보면 세상이 인정해준다.

‘토끼와 거북이’ 이야기를 잘 알고 있을 것이다. 느림보 거북이와 빠른 토끼가 달리기 시합을 했다. 거북이는 알고 있었다. 당연히 자신이 토끼에게 이길 수 없다는 것을. 그렇다면 거북이는 왜 그런 무모한 시합을 했을까. 거북이는 경쟁에 목표를 둔 것이 아니다. 목적지까지 가는 것에 목표를 둔 것이다. 자신이 정한 길을 끝까지 가는 것이 중요했던 것이다.

사람들은 빠르게 가는 것만을 중요하게 생각한다. 속도에만 포커스를 맞추고 살게 되면 자신보다 더 빠른 사람을 분명 만나게 된다. 겉으로 보이는 모습만 중요시 여기면 경쟁상대가 분명히 나타나게 되어있다.

남들과 비교할 수 없는 것으로 승부를 봐야 한다. 눈으로 보이는 것이 아닌, 남들이 감히 측정할 수 없는 것으로 말이다.

메모를 하면서 일어난 나의 가장 큰 변화는 남들에게 선물을 줄 수 있는 사람이 되었다는 것이다. 약속한 날짜와 시간도 잘 지킬 수 있게 되었다. 손 글씨로 진심 어린 감동의 편지도 써줄 수 있게 되었다. 또 내가 기록해놓은 유익한 정보를 나눌 수도 있다. 이 밖에도 메모를 하면 남들에게 해줄 수 있는 것이 많다.

월트 디즈니는 "다른 것은 다 벤치마킹할 수 있어도 우리가 가지고 있는 열정만은 벤치마킹할 수 없다."라고 했다. 무엇을 하던 열정이 중요하다. 다른 것은 다 **빼앗겨도** 내가 좋아하는 일에 대한 열정은 잃지 마라.

더 이상 No.1이 되려하지 말고, Only1이 되라.

당신의 특별함이 세상에 특수함이 될 것이다.

둔한 머리가 총명한 머리를 이긴다

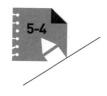

저축이 아닌 메모에 투자하라

결혼하고 아내와 지금까지 단 하루도 빠지지 않고 하는 것이 있다. '감사 메모장'을 쓰는 일이다. 결혼을 하면 생각보다 부부간에 대화할 시간이 많지 않다. 연애 때 보다 물리적으로는 많은 시간을 함께 한다. 각자에게 맡겨진 책무에 충실 하느라 여간해서 대화할 시간이 나지 않는다. 대화를 한다 해도 양가 부모님 이야기, 직장에 대한 이야기, 앞으로의 계획에 대한 이야기뿐이다. 서로에 대해 관심을 가져주고 감정을 살펴볼 시간은 비교적 적다. 그래서 우리 부부는 감사 메모장을 작성하여 이렇게라도 서로의 감정에 충실하기로 정한 것이다.

'감사 메모장'은 손바닥만 한 메모장과 펜만 있으면 된다. 날짜를 적고 매일 한 줄이든, 두 줄이든 그 날 상대방에게 감사한 내용을 쓰면 된다. 꼭 대단한 감사 제목을 쓸 필요는 없다. 오히려 사소한 부분을 쓰는 것이 더 감동이다. 이 감사 메모장을 쓰면서 우리 부부는 많은 것을 얻게 되었다.

첫 번째는, 부부싸움이 줄어든다.

결혼 6년 차인 우리 부부는 지금까지 단 한 번도 부부싸움을 한 적이 없다. 성품이 좋아서도 아니고, 싸움을 할 줄 몰라서도 아니다. 짜증 날 일이 없어서도 아니고, 상대방의 행동이 다 마음에 들어서도 아니다. '감사 메모장'이 있었기에 그 역할을 톡톡히 했다고 생각한다.

부부싸움은 대체로 서로 대화의 부재에서 많이 일어난다. 직장에서 일을 하고 돌아오면 쉬고 싶다. 특히 남자는 더 그렇다. 연애 때 했던 헌신과 사랑을 지속적으로 보여주면 좋으련만, 그런 남자는 대한민국에 흔치 않다.

대화를 해도 핑크빛의 대화보다 회색빛의 대화를 나누는 경우가 많다. 어떻게 살아갈까, 무엇을 먹을까에만 주력한다. 서로의 감정을 돌보려고 하지 않는다. 대화의 주제는 양가 부모님이나, 자녀, 지인, 현실적인 대화가 주를 이룬다.

서운한 감정이 들 때가 있다. 이 감정들이 쌓이면 다툼으로 번진다. 불씨를 초반에 잘 제압해줘야 한다. 그렇지 않으면 큰 화재가 난다. 감정의 불씨를 꺼줄 소화기 역할을 해주는 것이 바로 '감사 메모장'이다.

'아침에 일찍 일어나서 아침밥을 차려줘서 감사해요!'

'하루 종일 가정을 위해 육아에 힘써줘서 감사해요!'

'나의 잦은 짜증들을 묵묵히 잘 받아줘서 감사해요!'

'오늘 어머니께 전화 드려줘서 감사해요!'

'바쁜 가운데도 내가 시킨 일을 해줘서 감사해요!'

이렇게 사소하지만, 진심 어린 감사 제목을 매일 써주는 것이다. 그러면 굳이 대화하지 않아도 상대방이 나에 대해 어떤 생각과 감정을 가지고 사는지 알 수 있다.

살다 보면 서운함과 안 좋은 감정이 들 수 있다. 감사 메모장을 확인하면서 그 감정들은 눈 녹듯이 사라진다. 사람은 복잡한 거 같지만, 그러면서도 단순하다. 마음만 잘 표현해주면 뭐든 프리패스다.

두 번째는, 고난을 잘 극복하며 살 수 있다.

결혼을 하면 좋은 날만 있지는 않다. 좋은 일이 있으면 안 좋은 일도 있다. 그것이 가정이다. 연애 때는 만나서 영화 보고, 맛있는 거 먹고, 차 마시며 즐거운 이야기만 하면 된다. 결혼을 하면 그럴 수만은 없다. 그동안 한 번도 나눠보지 않았던 서로 지갑 안에 있는 돈 이야기를 꺼내야 한다. 양가 부모님의 민감한 부분도 꺼내어 이야기해야 한다. 또 같이 살면서 본능적인 모습도 보게 된다. 그것이 부부다.

남자들이 오해하고 있는 것이 있다. 여자들이 힘든 상황을 싫어할 거라는 사실이다. 물론 좋을 수만은 없다. 하지만 이때 남자가 옆에서 손을 잡고 그 상황을 함께 이겨내려 한다면 여자는 그 자체에서 행복을 느낀다. 힘들지만 그 남자를 바라보며 따라온다. 아무리 민감하고 안 좋은 일이 있어도 부부간의 관계가 좋으면 잘 극복할 수 있다.

우리 부부를 좋은 관계로 지속시켜 준 것이 '감사 메모장'이다. 서로에 대해 감사를 표현함으로 관계가 좋아졌다. 신뢰가 쌓였다. 좋은 관계는 고난도 쉽게 헤쳐 나갈 수 있게 해준다. 이것이 '감사 메모장'을 통하여 맺은 열매이고 위력이다.

세 번째는, 감사 바이러스를 퍼트릴 수 있다.

부부관계가 좋으면 남에게도 좋게 보인다. 자녀에게도 좋은 에너지를 줄 수 있다. 양가 부모님께도 효도할 수 있다. 당연하다. 우리 부부가 행복한데 어찌 좋은 기운이 나지 않겠는가.

주위에 친한 부부들이 우리 부부를 부러워한다. 어떻게 그렇게 부부 금실이 좋으냐는 것이다. 다른 건 없다. 비결이라면 '감사 메모장'을 통해 서로에 대해 감사를 표현하며 사는 것뿐이다. 지인에게 이 비결을 알려줬다. 덕분에 '감사'가 많아졌다며 내게 감사해한다. 이처럼 주위 사람들에게 긍정의 바이러스, 감사의 바이러스를 전할 수 있다.

이 밖에도 '감사 메모장'을 통해 얻은 것이 많다. 감사 메모장은 우리 부부와 가정에 지금도 좋은 선물들을 끊임없이 배달해주고 있다. 감사는 쉬운 것 같으면서도 표현하며 살기가 어렵다. 특히 얼굴을 보며 말로 하는 건 더더욱 어렵다. 그렇다면 당신도 감사 메모장을 활용해보라. 그럼 감사의 마음을 쉽고 편하게 잘 전달할 수 있을 것이다.

미국 미시간 대학교 연구센터에서 수천 명을 대상으로 10년 동안 추적 연구를 했다. 불평과 불만이 많아 삶에서 투덜대며 부정적인 생각을 많이 하는 사람들은 인간관계와 건강 등에 많은 문제를 달고 살았다. 사망률도 1.5배 높았다. 반면 감사하는 사람들은 생활 만족도가 높고, 인간관계, 건강 모두 좋았다.

우리 교도소에 수용자들 대상으로 노트 한 권씩 나누어 주고 감사일기를 쓰게 했다. 당연히 인센티브를 부여하기로 하고 말이다. 사실 교도소 안에 갇혀있는 수용자들이 감사할 일이 뭐가 있겠는가. 불평만 안 해도 다행이다. 처음에 이들은 노골적으로 인센티브를 받기 위해 감사 일기를 쓰기 시작했다. 재차 반복될수록 감사 일기를 쓴 수용자들의 얼굴이 환하게 변하기 시작했다. 늘 반복되고 지루한 일상이지만, 거기서 감사 제목을 찾아내려고 노력했다.

'매일 세 끼 먹을 수 있음에 감사합니다!'

'매일 운동을 해서 건강할 수 있음에 감사합니다!'

'집에서 안 좋은 소식 들리지 않아서 감사합니다!'

노트에 펜으로 한 줄 한 줄 써가며 불평의 삶에서 감사한 삶으로 변해가고 있었다.

한 수용자가 내게 말했다.

"이제는 인센티브를 받기 위해서가 아니라, 감사한 삶으로 변해가고 있는 나의 삶이 좋아서 매일 감사 일기를 쓰고 있습니다. 좋은 정보를 주셔서 감사합니다!"

감사를 기록하는 일은 위대하다. 나는 그 어떤 일보다 가치가 있다고 믿는다. 불평불만은 누구나 쉽게 한다. 불평불만이 쉬운 만큼 자신의 삶도 쉽게 초라해진다. 아주 사소한 것이라도 감사 제목을 찾아야 한다.

감사를 느끼기만 하는 것과 그 감사를 노트에 기록하는 것은 큰 차이가 있다. 감사를 느끼기만 하면 잠깐은 감사할 수 있어도 또 불평이 나의 삶을 지배해 버린다. 감사를 기록하는 습관을 기르면 어제와 지난주, 지난달의 감사 제목들을 다시 보면서 또 다른 차원의 감사를 지속해서 만들어 낼 수 있다.

'나폴레옹'은 유럽을 제패한 황제였지만 "내 생에 행복했던 날은 6일 밖에 없었다."라고 고백했다. 하지만 앞 못 보는 '헬렌 켈러'는 삼중고를 겪으면서도 "내 생애에 행복하지 않은 날은 단 하루도 없었다."라는 고백을 남겼다.

감옥과 수도원의 공통점은 세상과 단절된 곳에 있다는 점이다. 차이가 있다면 불평을 하느냐, 감사를 하느냐다. 일본의 사업가인 '마쓰시타 고노스케'는 "감옥이라도 감사를 하면 수도원이 될 수 있다"라고 했다.

감사할 줄 모르면 결코 행복해질 수 없다. 행복과 불행은 외부적인 것에 의해 주어지는 것이 아니다. 스스로 만들고 찾는 것이다.

사람들은 적금이나, 펀드, 주식, 부동산 등에 투자하며 살아가고 있다. 이것이 꼭 나쁘다는 것은 아니다. 하지만 이런 것들도 결국 행복해지기 위해서 투자하는 것이 아닌가. 이제는 모든 것이 보편화 되었다. 집이 없어서, 먹지 못해서, 입을 옷이 없어서 힘들어하지는 않는다. 오히려 더 좋은 것을 갖고 싶어서 불행을 자초하며 사는 사람들이 많다.

이제는 누가 더 감사하며 사느냐의 싸움이다. 자신이 가진 재료를 가지고 '감사' 로 요리를 만들어내는 사람이 제일 잘 사는 사람이다.

살다 보니 물질 보다 훨씬 더 중요한 것이 많다는 것을 느낀다. 그 중 하나가 내 소중한 가정을 잘 지키는 일이다. 나는 매일 감사의 메모 한 줄로 가정을 지키고 있다. 짧은 메모 한 줄 썼을 뿐인데, 이것이 내게 큰 행복을 가져다준다.

앞으로 자녀가 조금 더 크면 아이들과도 함께 감사 제목을 나눌 생각이다. 매일 감사 제목을 쓰면서 감사한 삶을 살아가는 아이들이 되기를 소망한다. 말로만 해서 되지는 않을 것이다. 부단히 부모인 우리가 먼저 감사 제목을 써가며 감사한 삶을 살아가면 저절로 배울 것이라 생각한다.

나는 메모만 했을 뿐이다. 다른 어떤 것보다 메모에 시간을 투자했을 뿐이다. 그 메모들이 물질 이상의 값어치를 주고 있다. 어찌 이 메모에 투자하지 않을 수 있겠는가.

둔한 머리가 총명한 머리를 이긴다

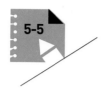

5-5

메모가 모여 기록이 되고,
기록이 모여 책이 된다

"네이버(NAVER)요? 다음(Daum)이요? 그거 '아재' 들이 쓰는 거잖아
요, 쌤."

한 중학교에서 국사 선생님이 학생들에게 '안중근이
이토히로부미를 암살한 이유를 찾아오라' 는 과제를 내줬다고 한다.
당연히 네이버나 다음, 구글 같은 인터넷 검색 엔진이나 책을 통해
찾아올 것이라 생각했단다. 보기 좋게 빗나갔다. 학생들은 대부분
동영상 공유사이트인 '유튜브' 에서 검색해 왔다. 이유는 글로 읽는
것보다 영상으로 보는 것이 편해서였다고 한다.

요즘 10대들에게는 이미지와 영상이 글보다 더 익숙하다. 2014년

까지만 해도 네이버나 다음 같은 사이트에서 검색을 했다. 2015년 이후로는 유튜브로 넘어왔다. 이제는 정보를 찾을 때 텍스트를 기반으로 한 검색 엔진이 아니다. 영상을 기반으로 한 유튜브로 찾는 청소년이 많아졌다. 그러다 보니 글을 읽지 않는 사회가 만들어져 가고 있다. 텍스트는 대충 훑고 영상에만 열광하는 사회. 바로 난독 사회다.

글을 읽지 않으니, 글을 쓸 수가 없고, 글을 쓰지 않으니 책을 쓰지 못한다. 책을 쓴다는 것은 꼭 어떤 상품을 만들어내는 데에만 국한되지 않는다. 책은 자기 생각의 집합소이고, 이 사회에 공헌할 수 있는 하나의 과정이라 말할 수 있다.

이건 꼭 청소년들만의 문제는 아니다. 이 사회가 대부분 그렇게 흘러가고 있다. 책 쓰는 것을 어려워한다. 책은 훌륭한 사람들이나 써내는 것이라 생각한다. 나도 처음에는 그랬으니까.

동생이 내게 책을 써보라고 권유했다. 손사래를 치며 '나는 할 수 없다'고 했다. 전문적인 지식이 있는 것도 아니고, 대단한 위치에 있는 것도 아니고, 무엇보다 글재주가 있는 것도 아니었다. 이런 내가 책을 쓴다는 것은 고문과도 같은 일이었다.

이미 작가로, 1인 지식 창업가로 활동하고 있던 동생은 내게 책 쓰는 방법을 자세히 알려주었다. 배우면서 느꼈다. 나 같은 사람도 책을 쓸 수 있다는 것을.

책을 써 보기로 했다. 내가 내세울 콘텐츠가 중요했다. 마땅히 없었다. 잘 하는 것도 없었고, 꾸준히 무언가를 하는 것도 없었다. 동생은 '메모' 콘텐츠로 책을 써보라고 했다. 메모하는 것을 좋아하는 나였지만, 뭐 그리 자랑할 만한 것은 아니었다. 누구나 하는 정도만하고 있을 뿐이었다. 다른 방법은 없었다. 잘 하든 못 하든 '메모' 라는 콘텐츠로 책을 써보기로 했다. 전혀 메모를 하고 있지 않은 사람들에게 조금이나마 도움이 되었으면 하는 마음뿐이었다.

서점에서 메모 관련 책을 모조리 사서 봤다. 생각보다 많았다. 남들은 어떻게 썼는지 살펴봤다. 책 한 권 한 권마다 중요하고 핵심되는 내용들을 정리했다. 그리고 평소에 독서를 하며 메모해 놓은 자료들을 한 곳으로 모았다. 신문스크랩의 필요한 부분들을 발췌해서 정리했다. 마지막으로 내가 겪어온 경험들을 생각나는 대로 메모했다.

놀라운 일이 일어났다. 생각보다 쉽게 책이 술술 써졌다. 내가 문학의 천재인가? 하는 생각이 들 정도였다. 나만의 착각이었다. 내가 해놓은 자료들이 책을 쓰는데 엄청난 자양분과 좋은 연료가 되었다. 한 번 책상에 앉아 노트북을 켜면 두세 꼭지는 금방 써 내려

갔다. 그때 깨달았다. 평소에 좋은 자료를 모으고, 메모를 해놓으면 책을 쉽게 쓸 수 있다는 것을. 메모습관은 책을 쓰는 데에도 큰 도움이 되었다.

글을 쓰기 위해서는 평소에 자신의 생각을 생성, 채집, 축적해두어야 한다. 두 종류의 사람이 있다. 첫 번째는 아무런 준비 없이 책을 쓰기 위해 앉은 사람과 두 번째는, 많은 자료를 가지고 책을 쓰기 위해 앉은 사람. 당연히 후자가 완승이다. 절대 이길 수 없다. 책은 영감이나 직관으로 쓰는 것이 아니다. 자료로 쓰는 것이다.

《대통령의 글쓰기》의 저자인 강원국은 "글은 자신이 제기하고자 하는 주제의 근거를 제시하고 그 타당성을 입증해 보이는 싸움이다. 이 싸움은 좋은 자료를 얼마나 많이 모으느냐에 성패가 좌우된다. 자료가 충분하면 그 안에 반드시 길이 있다."라고 했다.

고등학교 3년 동안 미술을 공부했다. 미술을 처음 시작하게 되면 '점'이라는 것부터 시작한다. 작은 점이 모여 '선'이 되고, 그 선이 모여 '면'이 된다. 그 면들이 모여서 입체적인 모양과 공간을 이루게 되는 것이다.

세상에 모든 것들은 작은 점들이 모여 만들어졌다. 선은 무수히 많은 점으로 이루어져 있고, 면은 무수히 많은 선으로 이루어져 있다.

둔한 머리가 총명한 머리를 이긴다

이것이 도형의 기본 3요소이다.

책도 마찬가지다. 메모가 모여 문장이 되고, 문장이 모여 책이 된다. 좋은 책을 쓰기 위해서는 반드시 평소에 메모를 잘 해둬야 한다. 메모라는 조각은 글을 잘 쓸 수 있게 해준다. 다양한 재료가 있어야 맛있는 음식을 만들 수 있듯이, 책을 쓰는 것도 마찬가지다.

나는 딸아이를 재우고 나면 방 조명등을 키고 조용히 일기를 쓴다. 아무도 보지 않고 나만 볼 수 있는 공간이라 편하게 쓴다. 누군가를 험담하기도 하고, 나 자신에게 실망했다는 얘기도 쓴다. 쓸데없는 거라 여길 정도로 오늘 탄 버스 번호도 쓴다. 이 시간이 참 좋다.

지금은 일기를 기록용으로 쓰고 있지만, 이 기록도 언젠간 나중에 책이 될 날이 올지도 모른다. 일기도 하나의 메모이고, 내가 책을 쓰기 위한 좋은 자료가 될 것이기 때문이다.

계속 책을 쓰고 싶다. 이 한 권으로 끝내고 싶지 않다. 이 책들 또한 넓은 의미에서 보면 내 인생의 메모이다.

교학상장(敎學相長)이라는 말이 있다. '가르치고 배우면서 서로 성장한다.'는 말이다. 메모를 하고 글을 쓰고 책을 쓰면 나 자신이 성장한다. 메모하기 위해서는 무언가를 집중하여 관찰해야 하고, 책을 쓰기 위해서는 수많은 자료들을 접하며 공부해야 한다. 그러면서 성장하는 것이다.

나는 많은 이들이 책을 썼으면 좋겠다. 책 쓰기는 나 자신을 성장시키는 데 최고의 방법이라 생각한다. 물론 처음부터 쉽지는 않을 것이다. 나도 그랬으니까. 집소성대(集小成大) '작은 것이 모여 큰 것을 이룬다.'라는 말이 있듯이 일상의 작은 메모들이 모이면 언젠가는 책으로 만들어질 날이 올 거라 믿는다.

메모가 모이면 기록이 되고 기록이 모이면 책이 된다. 이 원리를 잊지 말고 지금 당장 메모하라. 어떤 날은 많이 써지고, 어떤 날은 단 한 개도 써지지 않는 날이 있을 것이다. 상관없다. 당신의 그 작은 의지들 또한 땅에 떨어지지 않고, 똘똘 모여서 반드시 책으로 만들어질 날이 올 테니까. 조금씩 기록하라. 그 기록이 책이 된다.

둔한 머리가 총명한 머리를 이긴다

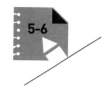

5-6

꿈을 이룬 사람은 펜을 빌리지 않는다

'수용자'라고 하면 사람들이 오해하는 것이 있다. 모두 얼굴이 험악하고, 성격이 괴팍할 것 같다는 것이다. 그리고 무분별하고 무질서한 생활 패턴으로 교도소에 들어왔을 것이라 생각한다. 그건 몰라도 너무 모르는 소리이다.

나는 9년간 교도관을 해오면서 수많은 수용자들을 상대하며 근무를 해왔다. 사회의 기업이나 개인사업장에서는 고객과 손님을 보더라도 잠깐씩만 볼 것이다. 교도관은 다르다. 수용자들이 입소할 때부터 출소할 때까지 봐야 한다. 꽤 오래 본다. 이렇게 사람을 오랫동안 지속해서 볼 수 있는 직업은 교도관밖에 없을 것이다.

사회에서 지위가 있고, 높은 위치에 있던 수용자들에게는 공통된 습관이 있었다. 처음에는 수용자마다 개인적인 특성이라 생각했다. 하지만 9년간 교도관으로 근무해오면서 확연하게 알 수 있었다. 사회적으로 성공한 사람들은 분명히 비슷한 부분이 있다는 것을 깨닫게 되었다.

첫 번째, 책을 손에서 놓지 않았다.

역시 독서였다. 교도소에 들어오면 개인적인 시간이 많다. 그렇다고 다 독서를 하진 않는다. 허황되게 시간을 보내다가 출소하는 사람도 적지 않다. 하지만 이들은 달랐다. 공식적으로 교육을 받거나 일하는 시간을 제외하고는 항상 독서를 했다. 말수도 적다. 쉬는 시간에도 조용히 책을 펼치고 독서를 한다.

당직을 서는 날이면 수용자들이 취침할 때부터 기상 할 때까지 계속 주시해야 한다. 아플 수도 있고, 소란스러울 수도 있고, 엉뚱한 행동을 할 수도 있기 때문이다. 기상 시간은 오전 6시 30분. 이들은 남들보다 일찍 일어난다. 기상나팔이 불기 전, 고요한 시간을 독서로 채운다. 하루를 독서로 시작하는 것이다.

수용자들은 2주에 한 번씩 책을 사서 볼 수가 있다. 생필품도 사서 사용하고, 약간의 군것질도 사서 먹을 수 있다. 이들은 대부분 책만 사서 본다. 교도소는 개인마다 책을 보관할 수 있는 수량이 정해져 있다. 그 수량을 넘게 되면 택배를 통해 집이나, 지인에게로 보내야 한다. 이들은 택배를 보내는 횟수도 많다. 어마어마하게 많은 책을 계속 읽어내기 때문이다.

두 번째, 신문을 본다.

수용자들은 TV를 보는 시간이 있다. 정해진 시간과 채널을 통해서만 봐야 하기 때문에 한계가 있다. 신문은 자유롭게 구독해서 볼 수가 있다. 대부분의 수용자들은 신문 한 개를 시켜서 다른 사람들과 나눠서 본다. 하지만 사회적으로 성공한 사람들은 달랐다. 적어도 신문종류를 3개 이상 구독한다. 교도소 안에 있지만, 신문을 통해서 사회의 이슈나, 정보와 소식들을 끊임없이 받아본다. 신문스크랩을 하는 수용자도 있었다. 그 양이 실로 엄청나다. 교도소 생활 동안 스크랩한 것을 모아서 가지고 출소한다. 한 수용자에게 물어봤다.

"사회에 있을 때도 이렇게 신문스크랩을 하셨나요?"

"물론입니다. 신문스크랩은 거의 30년 가까이 하고 있는 습관 중의 하나입니다."

놀라지 않을 수가 없었다. 도전이 되었다. 내가 신문스크랩을 시작한 건 바로 이 수용자 때문이었다.

세 번째, 몸 관리를 열심히 한다.

교도소는 매일 하루 30분씩 모든 수용자들에게 운동을 시켜주게 되어있다. 거실(감옥) 안에만 갇혀있으면 건강이 나빠질 수 있기 때문이다. 그렇다고 모두 운동을 하는 건 아니다. 햇볕을 쬐며 벤치에 멍하니 앉아 있는 수용자도 있고, 그 짧은 시간을 기회로 다른 수용자들과 대화를 나누는 수용자들도 있다. 하지만 이들은 운동도 열심히 했다. 자신이 짜놓은 계획에 따라 체계적으로 운동을 한다. 태릉선수촌이 따로 없다. 30분 동안 온몸을 불태워 필사적으로 운동에 임한다. 자신의 건강을 열심히 관리하는 것이다. 컵라면도 잘 안 먹는다. 커피도 안 마신다. 그들의 눈을 보고 있으면 확신이 가득 찬 얼굴이다.

네 번째, 남에게 잘 베푼다.

교도소에서 정해놓은 마지노선에 맞춰 수용자마다 영치금을 가지고 있을 수 있다. 아무래도 사회에서 높은 지위에 있던 수용자들은 영치금이 많다. 돈이 많아서일까. 성품이 좋아서일까. 본인의 영치금으로 자신의 것만 사서 사용하지 않는다. 영치금이 없는 수용자들과 함께 쓰고 베푸는 모습을 많이 보았다. 돈이 많다고 베풀 수 있는 건 아니라고 생각한다. 이들에게는 돈 이상의 무언가가 있어 보였다.

다섯 번째, 펜을 항상 가지고 다니며 메모를 하는 습관이 있었다.

내가 가장 관심 있게 본 모습이다. 이들은 쓰다 남은 용지로 손바닥만 한 메모장을 만들어 상의 호주머니에 넣고 다닌다. 펜도 색깔별로 2~3개를 꽂고 다닌다. 교육을 받거나, 작업을 할 때, 밥을 먹을 때도 수시로 메모를 한다. 메모가 습관이 되어있었다. 이들은 가족들과 편지도 자주 주고받는다. 편지지 3장은 기본이다. 교도소 안에 일어나는 자신의 일들을 편지로 써서 가족들에게 알리는 것이다. 영화 시나리오를 쓰는 수용자도 봤다. 책을 집필하는 수용자도 있었다. 그 좁은 공간에서 그들은 펜과 종이로 자신의 꿈을 이뤄가고 있었다. 메모는 그들에게 일상이었다.

책《한 가지로 승부하라》의 저자 브라이언 트레이시는 "체격, 나이, 인종, 성별, 학력은 상관없다. 성공한 사람과 같은 행동을 하면 누구나 언젠가는 그들처럼 성공할 수 있다."라고 했다.

나는 교도관으로 근무하면서 수용자들에게 배운 것이 많다. 교도소에 들어온 자체는 사회적으로 흉이 될 수 있다. 하지만 그들이 가지고 있는 좋은 습관들은 그 어떤 것과도 바꿀 수 없는 소중한 것들이었다.

비행기 좌석에는 이코노미클래스와 비즈니스클래스, 퍼스트클래스가 있다. 그 중 퍼스트클래스는 이코노미클래스에 다섯 배 이상의 요금을 내야 탈 수 있다. 소위 성공한 사람 중에서도 소수만 탈 수 있다는 고급 공간이다.

퍼스트클래스의 승객들은 항상 메모를 하는 습관이 있어서, 모두 자신만의 필기구를 가지고 다닌다고 한다. 그들은 승무원이나 다른 사람에게 펜을 빌리는 일은 없다고 한다.

군인은 총이 없으면 군인이라 말할 수 없다. 요리사는 칼이 없으면 요리사라 말할 수 없다. 성공한 사람들에게는 펜이 자신의 최고의 무기다. 자신을 그 자리까지 연결해 놓은 매개체가 바로 펜이었던 것이다.

장 도미니크 보비는 1952년 프랑스 파리에서 태어났다. 1991년에 《엘르》지의 편집장이 된다. 그는 1995년 12월 8일 금요일 오후 갑작스러운 뇌졸중으로 쓰러진다. 그때의 나이는 43세이다. 3주 후 의식을 회복했으나, 그가 움직일 수 있는 유일한 것은 왼쪽 눈꺼풀뿐이었다. 그는 눈 깜박거림으로 의사소통을 해 글을 쓰기 시작했다. 자신에게 일어났던 일화들을 진솔하게 묘사했다. 약 20만 번의 눈 깜박거림으로 15개월이라는 시간을 걸쳐 《잠수복과 나비》라는 책을 완성했다. 그리고 그는 45세의 나이로 어린 자녀 2명과 아내를 남겨두고 1997년에 사망했다. 이 책은 영화로도 만들어져서 2007년 칸

영화제와 2008년 골든글러브 수상작의 영예를 누렸다.

어떤 상황 속에서도 메모를 하고 글을 쓰려고 했던 장 도미니크는 결국 세상을 놀라게 하는 성공한 삶을 보여주었다. 메모를 해야겠다는 의지만 있다면 환경과 상황은 중요하지 않다. 장 도미니크는 눈으로 펜의 역할을 한 것이다. 사실 자신의 옆에 누군가 있다면 그 사람에게 펜을 빌려도 된다. 그 행위 자체가 중요한 것은 아니다. 언제든지 메모를 할 수 있는 나의 상태를 만드는 것이 중요한 것이다.

사람들 앞에서 강의를 하다 보면 두 종류의 사람이 눈에 보인다. 강의를 들으며 메모를 하는 사람과 그렇지 않은 사람이다. 나도 모르게 메모를 하는 사람에게 눈길이 더 가게 된다. 왠지 내가 가지고 있는 것을 더 주고 싶은 마음이 들기 때문이다. 강의를 듣는 눈빛도 다르다. 자세도 곧다. 메모를 하는 사람들은 겸손하기까지 하다. 하나라도 더 배워서 자신의 삶을 개선하고자 하는 모습 때문인 거 같다. 메모는 자신의 꿈을 향해 갈 수 있도록 좋은 자세와 마음을 만들어준다. 그것들이 모여 나를 더 멋진 삶으로 안내해주고 인도해주는 것이다.

사무엘 울만의《청춘》이라는 시에 이런 내용이 있다.
'영감이 끊기고 정신이 냉소의 눈에 덮이고 비탄의 얼음에 갇힐 때 그대는 스무 살이라도 늙은이가 되네. 그러나 머리를 높이 들고 희망의 물결을 붙잡는 한 그대는 여든 살이어도 늘 푸른 청춘이네.'

펜을 항상 가지고 다니면 영감이 끊이지 않고 살 수 있다. 그럼 평생을 20대 청춘처럼 보낼 수 있다.

당신의 호주머니 속에는 펜이 들어있는가. 언제든지 메모를 할 수 있는 상태로 자신을 세팅해 놓아라. 그러면 당신의 꿈이 호주머니 안으로 쏙 들어오게 될 것이다.

메모습관으로 인생 2막을 준비하라

《지선아 사랑해》의 저자인 이지선을 기억할 것이다. 그녀는 2000년 7월, 오빠의 차로 귀가하던 중 음주 운전자가 낸 7중 교통사고로 전신 55%의 3도 중화상을 입었다. 7개월간 입원을 하고 30번이 넘는 고통스러운 수술과 재활치료를 이겨냈다. 건강을 회복하고 다시 일어나, UCLA 사회복지 박사과정을 수료하여 지금은 사람들에게 희망을 나눠주는 인생을 살고 있다. 이지선은 사고 이후의 얻은 삶을 덤으로 얻은 '두 번째 인생' 이라고 말한다.

사람은 단 한 번의 인생을 산다. 누구도 예외는 없다. 하지만 사람들은 두 번째 인생을 산다는 말을 줄곧 한다. 그 말은 아픔과 고통을 딛고 일어서, 현재의 삶과 다른 새로운 인생을 준비한다는 말과 같은 의미로 볼 수 있다.

제2의 인생은 사람들에게 감동을 준다. 그 안에는 아픔과 고통과 도전이 수반되어 있기 때문이다. 요즘에는 제2의 인생을 사는 사람들이 늘어나고 있다. 그리고 사람들은 제2의 인생을 사는 사람들을 찾는다. 현실에서 탈피하고 싶고, 위로받고 싶고, 자신이 좋아하는 일을 찾아 남은 인생을 살고 싶기 때문이다.

나는 수용자들의 교정교화를 위해 힘쓰며 누구보다 자부심을 가지고 보람 있게 근무해 왔다. 하지만 나도 사람인지라 시간이 흐를수록 타성에 젖어갔다. 이곳에 근무하고 있는 나의 정체성을 조금씩 잃어가고 있었다.

때마침 동생은 자신이 직접 쓴 책을 출간하였다. 어려서부터 새벽형 인간이었던 동생은 '새벽' 이라는 콘텐츠로 자신의 저서를 냈다. 신기했다. 동생이 이런 쪽의 관심이 있고 준비하고 있는지 몰랐다.

동생은 오랫동안 근무해오던 장애인 관련 직장을 그만두고, 지금은 자신의 노하우와 경험을 사람들에게 전하며 살고 있다. 적지 않은 수입도 벌어가며 말이다. 멋있었다. 자신이 좋아하고 잘 하는 것을 사람들에게 전하는 메신저가 되었다.

나도 동생을 따라 제2의 인생을 준비해야겠다는 생각이 들었다. 한 번 사는 인생, 하고 싶은 것은 다 하며 살고 싶었다. 난생처음 비싼 강의료를 지불하며 책 쓰기 수업도 받고, 1인 지식창업 관련한 강의도 들으러 다녔다. 온통 나의 관심은 제2의 인생을 만드는 데 있었다.

누구나 물을 먹고 산다. 그러나 아프리카에 있는 사람들은 물을 귀하게 여긴다. 나 같은 평범한 물 한 바가지 같은 인생을 누군가는 애타게 기다리고 있을 거라는 생각이 들었다. 그 마음 하나로 차곡차곡 준비해 나가기 시작했다.

베스트셀러 작가《백만장자 메신저》의 브렌든 버처드는 "누구나 평범하다. 일단 시작한 다음, 전문지식을 더욱 쌓고 자신의 메시지를 상품화하라."라고 했다.

나는 내가 가지고 있는 메모에 대해 애착을 가지고 준비했다. 전국에 나와 있는 메모 관련 저서를 한 권도 빼놓지 않고 다 찾아 읽었다. 현재 가지고 있는 나의 메모습관에 필요한 메모 스킬들을 도입시켜 업그레이드해 나갔다.

블로그도 시작했다. 내가 가지고 있는 메모의 노하우와 경험, 필요성을 블로그에 게시하고 공유했다. 생각보다 많은 사람이 관심을 보였다. 내가 가진 메모습관을 칭찬도 해주며 도움을 얻어가는 사람들도 있었다. 나를 '메모하는 교도관' 이라 부르기도 했다. 시간이 흐를수록 자신감이 생겼다. 조금씩 나의 콘텐츠가 상품화되는 것 같았다.

또 메모로 틈틈이 만들어왔던 노래들을 음원으로 만들어 유튜브(동영상 공유사이트)에 업로드했다. 내가 만든 곡으로 사람들에게 기쁨을 주고 싶었다. 평범하기 그지없었던 나의 메모습관이 사람들에게 도움이 되고 있다.

얼마 전 신문에서 재밌는 기사를 봤다. 유튜브에서 공부하고 있는 영상이나, 평범한 일상을 담은 영상들이 폭발적인 인기를 끌고 있다는 것이었다. 수십만에서 수백만 명이 이런 영상을 보며 하루를 보낸다고 한다.

서울대 심리학과 곽금주 교수는 "TV 속 연예인이나 소셜 미디어(SNS) 속에 화려한 생활을 마주하다 보면 나만 괴리됐다는 생각을 하게 되어, 평범한 일상을 확인하면서 위로와 안정을 찾는 것이다." 라고 했다.

나는 이 기사를 보면서 긍정적인 생각보다는 부정적인 생각이 더 들었다. 그만큼 지금의 시대가 문명은 엄청나게 발달했지만, 사람들은 혼자 앉아 핸드폰만 쳐다보며 자신의 인생을 한탄만 하는 외로운 인생이라 생각이 들었다.

둔한 머리가 총명한 머리를 이긴다

그만큼 지금 현대인들은 인생이 재미가 없다. 꿈은커녕 하루하루 버티며 살기도 버거워한다.

꿈이 사라지고 있다. 기성세대가 만들어 놓은 폼(form)위에 우리 인생을 얹힌 채, 그들이 걸어왔던 길을 그대로 답습하고 있는 정도다. 꿈이 없으니 목표도 없다. 목표가 없으니 사람들의 하루하루가 지루하고 부자연스럽다. 옆집과의 관계나 직장동료와의 관계도 관심이 없다. 혼자 지내는 것이 편하다.

나는 매일 쓰는 일기장을 일주일 단위로 묶어서 읽어본다. 지나온 자신의 과거를 본다는 일은 매우 중요한 일이다. 지치고 힘든 나의 걸음을 멈추지 않게 해준다. 메모와 기록은 내게 꿈을 주었고, 인생을 재밌게 사는 방법을 알려 주었다.

조선 시대의 실학자인 유득공은 "역사는 기록한 자의 것이다."라고 했다. 기록만이 지나온 인생을 붙잡아 준다.

이제 100세 시대라고 한다. 출산은 줄어가고 고령화 사회로 변하고 있다. 제2의 인생을 준비해야 한다. 우리는 인생 2막을 준비해야 한다. 가만히 되는 대로 살아간다고 보장된 인생이 주어지지 않는다.

나 역시 제2의 인생을 준비하고 있다. 내가 가장 좋아하고 잘 하는 것으로 남에게 어떤 도움을 줄 수 있을까 고민하며 살고 있다. 그중의 하나가 바로 나의 메모를 통한 책 쓰기다.

수용자들도 교도소 안에서 제2의 인생을 준비한다. 지워버리고 싶은 과거의 아픔들을 밀어내고 다시 새로운 도약을 꿈꾸며 지내고 있다. 제2의 인생을 준비하는 일은 멋있는 일이다. 아픔과 부족함을 딛고 일어서는 일이기 때문이다. 그리고 보다 수정되고 보완된 삶을 꾸릴 수 있기 때문이다.

작은 나의 메모습관이 나에게 제2의 인생이라는 선물을 주었다. 조금씩 적다 보니 여기까지 왔다. 부푼 기대감도 주며 말이다. 당신도 자신을 위해 매일 기록하고, 보완해간다면, 제2의 인생을 향해 비상할 날이 반드시 올 것이다.

둔한 머리가 총명한 머리를 이긴다

더 이상 No.1이 되려하지 말고,
Only1이 되라.
당신의 특별함이
세상에 특수함이 될 것이다.

"메모는 오늘 해야 한다!"

메모는 늦은 나이란 없습니다. 오늘 메모를 시작하면 그 즉시 자신은 메모하는 사람이 되고, 그것이 습관이 되면 메모습관을 가진 자가 됩니다.

세상에는 다양하고 좋은 습관들이 많이 있습니다. 사람들은 그 습관을 가지기 위해 끊임없이 노력하며 살아갑니다. 제게 만약 램프의 요정 지니가 단 한가지의 습관을 주겠다고 한다면, 저는 고민도 하지 않고 '메모습관' 이라고 말 할 것입니다.

제게 남아있는 유일한 습관은 메모습관 딱 하나 뿐입니다. 다른 것은 다 무너졌습니다. 하지만 메모습관 하나 가지고 있을 뿐인데, 왜 이렇게 든든한지 모르겠습니다. 통장에 잔고도 없고, 많은 것을 배운 것도 아닌데 마음이 부유합니다. 메모를 좋아하는 사람은 제 심정을 잘 알 것입니다.

메모는 어떠한 정보를 기억하는 것으로만 끝나지 않습니다. 내가 현재 꿈꾸고 있는 것과 소망하고 바라는 것들을 적어놓으면 다 이룰 수 있을 것만 같은 자신감이 생깁니다. 시간문제 일 뿐입니다.

"당신은 지금까지 살아오면서 후회되었던 순간이 있으신가요?"
"만약 타임머신이 있다면 돌아가고 싶은 때가 있으세요?"

제게 이 질문을 해온다면 후회되었던 순간은 많지만, 다시 돌아가고 싶은 때는 없습니다. 이유는 간단합니다. 내가 걸어온 모든 조각 조각들이 모여서 지금의 메모습관을 가지게 되었기 때문입니다. 단 한순간이라도 그 시간들이 없었다면 지금의 내 모습은 없었을 거라 생각합니다. 생각만 해도 끔찍합니다.

오늘이 행복하다는 말입니다. 지금이 행복합니다. 펜을 들고 흰 종이에 메모를 끼적이고 있는 현재의 내 모습을 좋아하고 사랑합니다.

'사랑한다' 의 반대말은 '무관심' 도 아니고, '사랑하지 않는다' 도 아닙니다.

'사랑한다' 의 반대말은 '사랑했었다' 입니다.
어떤 말보다도 가장 무서운 말이라 생각합니다.

자신이 예전에 메모와 기록을 잘 했던 것은 전혀 중요하지 않습니다. 오늘, 지금 내가 메모와 기록을 하고 있는 지가 중요합니다. 오늘 써야 내일을 잘 살 수 있기 때문입니다.

우리 오늘 메모합시다.
지금 바로 기록합시다.
제가 도와드리겠습니다.